秦始皇今天來代課

前言

回溯到中國歷史長河，你會發現，有太多的故事，太多的脈絡需要交代，能夠與人分享最有意義，不過，嘗試下筆的話，馬上遇到一個難題，便是怎樣寫出來。

寫出來！必須有一個特別而精緻的「容器」把這麼豐富的東西裝起來。平面的直敘述事也太難了，好容易會寫成教科書，即使資料整齊無誤，觀點正確，這也不過是用來預備考試和歷史常識問答比賽的材料而已，談不上是故事。

請來二千年前的秦始皇走進現代上十三堂中華文明五千年的課，事情變得立體，他的角色好比是一個盛過中華美酒的瓶子，裝進去和倒出來的材料，都變得很有特色。

秦始皇走進今天的課堂，可兼顧古今的辯證論據，增加了敘事鏡頭角度。如果用單線平面直述的方式，需要花更多的筆墨使之連貫，寫起來非常費勁複雜。

本書的設計要讓同學們輕鬆花五分鐘，了解明白一個文化歷史的話題，閱後能夠留下印象，從而引發對中華文明、歷史文化的學習興趣。

簡單說明，時間被記載，便是歷史，文明是建築起來的空間——從城邦到王朝再到帝國，文化是從這樣的時空產生。**有關詳細的論述，見於本書內容。**

作者電郵：
wongthomas381@gmail.com

導讀

怎樣理解中華文明造就今天中國的成功？

如何解釋中國文化和五千年歷史令我們突飛猛進？

複雜冗長的中國原理，用一個故事說明。

蘋果電腦創辦人喬布斯剛創業，賺了點錢，想找人剪草，做些雜務，於是情商住在街口的老人幫手。老人花園中有一台機器，閒聊之下，原來這是磨石機。

老人告訴喬布斯，這台磨石機很神奇，二話不說就把十幾塊粗糙的大石放入機器內，加入石粉和水，蓋好之後開動機器，說：「明天你過來看看，你會大開眼界。」

第二天走去找老人，當打開磨石機，喬布斯簡直目瞪口呆，昨晚是三尖八角的大石頭，經過一夜在機器內互相碰撞之後，全都變成圓滑精緻的小石頭。

「在我往後開發蘋果電腦的過程中，始終不忘磨石機的道理，你要得出一個圓滿的結果，就要不停碰撞、不斷砥礪，這是衝突也是和諧，但是最有效的。」

燦爛的中華是歷史、文化、文明在「磨石機」內裡的結合。我們的機器已經打開五千年，所以中國現代化能夠三十年追趕三百年。

說好中國故事無需談沙沙石石，解讀「磨石機」運作原理便成。

穿越課堂・前傳

秦始皇準備動身往二千年後的中國，大臣和學士們事前嚴格選出這個時期，是因為中國歷史經過多番曲折之後，又有戲劇性的高潮醞釀而起——中華民族偉大復興。

秦統一六國之後，往後一千年的中國都是文明大國。憑四大發明：造紙、印刷、火藥、指南針，中國經濟體量比起日後領導世界的西方諸國，包括英國、荷蘭、意大利都要領先。

三百年之後，西方追上來了。十六、十七世紀，歐洲進行工業革命，從此，中國依次被意大利、英國、荷蘭，及至十九世紀，日本都超過了中國。清朝是歷史的倒退，百年之後，中國止跌回升，但有人還不自信。

秦始皇表示，有信心說服現代人，他臨行前說了一個故事，所有人為之折服。

池塘有一片睡蓮，繁殖快速，每天增加一倍面積，如果睡蓮需時四十八天才覆蓋整個池塘，請問覆蓋一半池塘是多少天？

請不要用直覺理性來思考，世界有一種名之為「十倍速」的躍進，顛覆你的想像。

睡蓮每天以倍速生長，但開始時是很慢的，一天又一天，熬過第四十七天，還不過只覆蓋池塘的一半而已，然而，要覆蓋剩餘的一半池塘，此時只用一天時間就夠了。

中國近代發展的確慢得令人憂心，不過，請記住中華民族復興，正如睡蓮的奇妙規律節奏。保持對中國的自信，這個池塘明天不一樣了。

目錄

秦始皇說中國五千年

嬴教授，通過最新量子技術，穿越來到今天訪問，安排給大家上中國歷史文明十三堂課的特聘老師。

老師的履歷表如下：公元前 247 年以 13 歲之齡當上秦國王帝，是中外著名的政治、戰略、經濟、管理學家，擁有推動中國現代化的豐富經驗，創新建設很多。

正統的歷史觀

老師向同學問好，然後自我介紹：「各位同學，朕姓嬴名政，你喜歡可以叫我秦始皇。」

同學們靜下來，挺起身坐直了。

「朕，即是我，很古老的自稱，後來由我專用，大家不要介意喔。聽說你們到圖書館看書，或者上網搜尋關於中國歷史，有很多疑問。是不是？」嬴教授開始教他的第一堂課。

有人說中國歷史不是五千年？中國歷史謎題是３０００＋Ｘ，只知有三千年，另外是未知數。於是乎，中國變得「年輕」了，但也變得沒有那麼自信，事關中間有懷疑的地方。朕要給大家一個 正統的中國歷史觀。

《史記》第一個出場人物就是黃帝，據記載，黃帝是公元前２６９７年在中原地區出現的一位部落聯盟領袖，他和臣子都是科技天才，發展成為先進的部落，平定了地區的紛爭，被尊為天子，開創了中華文明。

秦始皇為什麼叫秦始皇

秦始皇是取自三皇之「皇」，五帝之「帝」，由於是中國稱皇帝的第一位君主，所以稱「始皇帝」，從秦朝以來，中國都確認中華文明由黃帝開創。

三皇五帝，史學家認為，三皇是燧人、伏羲、神農；五帝為黃帝、顓頊、帝嚳、堯、舜。黃帝位居首位，其餘四帝均是黃帝的後代；夏朝開國王帝禹，是黃帝第五代孫。

同學們，朕來到今天的公元二零二四年，換算「黃曆」要加二千六百九十七年，即是黃曆四千七百廿一年。黃帝距離大家差不多五千年了，在這漫長的歷史過程裡，黃帝一直「陪伴」著所有中國人。

嗚呼民何辜，值此國運剝！
軒頊五千年，到今國極弱。

一八八二年清末詩人黃遵憲出使美國，目睹當地排華情況，有感寫成八百餘字的五言新體長詩《逐客篇》，開篇的四句說明了當時中國的處境。開頭的四句詩詞展示詩人對中華文明的寄託。

詩詞解說：軒，即軒轅，也就是黃帝；頊，即顓頊。慨嘆我們從黃帝和顓頊到今天有五千年的歷史，奈何當前國運衰微，國民無辜受到別人欺壓。不過，詩人依然自信中華五千年文明，中國回復興盛指日可期。

黃遵憲重提黃帝軒轅的歷史，當時在國內引起迴響，直到今天，他的詩被視為喚起「中國上下五千」的民族與歷史認同。及後反清革命黨人將黃帝作為中華民族的代表，並使用黃帝紀年，與西方以耶穌出生日作為西元元年相抗衡。一九一一年辛亥革命成功，這一年以黃帝曆四千六百零八年為誌（2697+1911=4608）。

同學們，中國歷史是藏於民族世世代代的心智，考古文物是存在大地。你們說，黃帝至夏朝還未出土足夠的文字記載，去證明三皇五帝是「信史」，朕想要問說：這是問題嗎？只要考古溯源工作全力進行，中華文明遺產，幾時查明幾時正式入賬，也無減我們的五千年文化財富。

夏朝考古新發現

夏朝的考古證實是 60 年前，二里頭遺址（河南偃師）的發現，夏朝之謎團終於揭開了，發現距今約 3800 年前，這裡有一個 400 個足球場大小的都邑，考古認可為夏朝中晚期的都城。

* 夏朝推斷於西元前 2070 年建立，存續大概 470 年，這個研究把中國歷史推前了 1000 多年，目前中國考古工程整理更多出土文物，填補過往的空白。

夏朝是中原本土文明

2023 年 12 月中央電視台製作的《尋古中國・尋夏記》首次公開披露：當今科學家測試結果表明，夏人遺骨的基因與現代中國人的基因近似度高達 90% 以上，證明 3800 年前夏王朝統治區域的人類正是我們的祖先；根據夏人遺骨和基因大數據，專家還復原了一位夏朝女性的容貌。

* 從夏朝的遺址和出土文物解讀，這個王朝的文明很偉大，影響力從中原向四方輻射傳播開去。

疑古由考古解決

距今二千一百多年前西漢的司馬遷寫了《史記》，第一卷《五帝本紀》，就是以黃帝為歷史的開端，信念一直到民國，不過，學者顧頡剛上世紀二十年代提出疑問。例如周朝的人只談論夏朝的禹，到孔子提到堯、舜，戰國時談論黃帝、神農，到漢代說到盤古。這是「時代愈後，傳說的古時期愈長」的現象，因此引起一場「疑古派」的論戰。

嬴教授說：「疑古之說由考古工作來解決，今天已經有很豐富的發現了。」

黃帝統一中原部落，周圍邦族依然如「滿天星斗」，發展到夏朝，核心文化成形，匯聚合流，從此中華文明「皓月當空」。

「簡言之，夏朝是從多元走向一體是歷史的重要標誌，到了朕統一六國，成立千年第一王朝，中華文明再向前進，持續數千年。信史就是相信我們的歷史。」

說了一大堆，不如跟大家說故事。

黃帝戰蚩尤，靈氣活現

傳說五千年前，黃帝率領部落在中原涿鹿附近定居，發展畜牧業和農業，同時開採鐵銅礦，研發鍊造技術，發明文字為信息工具，比起其他原始生活部落，黃帝很進步。

與黃帝同期的一位部落首領是炎帝，與當地居住已久的九黎族發生矛盾，首領蚩尤有八十一名兄弟，全都是「猛獸般的身體，銅頭鐵額」，既兇猛也會利用銅鐵鑄刀造戟，這個部落既先進，也好戰，炎帝部落多次起兵與之對抗，連戰敗北，其他各部落人人自危，於是聯合起來向黃帝求助，於是者，決定中華文明五千年的第一仗「涿鹿之戰」發生了。

兩大部落在中原一帶打了七十二場仗，共三年時間，當時蚩尤有位擅長「氣象戰」的神人，名叫風伯雨師，能有本事呼風喚雨，以惡劣的天氣攔阻黃帝進軍；黃帝也有厲害的戰略反擊，陣中名叫應龍的勇士，他身長雙翼，能發動水災淹沒蚩尤的戰士。

兩軍打到天翻地覆，優勢卻落在蚩尤那邊，黃帝屬下旱魃，破解了風伯雨師的風雨，可是蚩尤又有新招數，利用大霧令黃帝失去方向迷路無法前進。黃帝在迷霧之下召集各路人馬商量對策，唯獨不見其中一位重臣，風后，他是一位發明家。黃帝派人四處找尋，不料竟發現風后一個人在戰車上睡著了。

原來風后正沈溺於一個發現，昔日在採銅過程中得到的磁石，不單只把鐵吸住，還有指向性的功能，正當大軍為霧所困，周圍找不到出路之際，他從天上北斗七星「斗轉而柄不轉」得出靈感，這樣造出了指南針，黃帝得了這個史前版的「定位導航」，破解了蚩尤的戰術，最終贏得戰爭。

中國≠ 5000 年？ X

近代西方學術說法，必須發現當代的文字記載才是「信史」。殷墟考古掘出商朝的甲骨文，中國歷史由公元前1600 年的商朝起計，中國可信的歷史便是三千年，之前，三皇五帝至夏朝，即使有大量記載流傳，中間的二千年應保留空白，列作「非信史」。中國歷史被劃成「信」與「疑」兩個部分，但這不是中國傳統的歷史觀念。

中國上下 5000 年 √

中國歷史是「上下五千年」：上，指開始；下，指結束。中華文明由黃帝開始，中國傳統曆法「黃曆」源於黃帝時代製作，今天我們還在用這曆法，現稱「萬年曆」，常用於擇日揀好時辰，亦為天文氣象預測，這是文化特色之一，自古以來深入中國人的思想，成為民間習俗。「黃曆」以黃帝開國那年起計，時為公元前 2697 年。

中華民族，炎黃子孫

「黃帝發明了指南針之外，還有曆法、舟車、蠶絲、弓矢，更相傳製造文字，確立他成為文明創造者的地位，世代尊崇。我們是黃帝子孫，源於炎帝與黃帝結盟打敗了蚩尤，古籍記載炎黃二族是同是來自祖先華胥氏，雙方又是以中原為發祥地，因此「中華」便成為代表我們的名稱，同時又自稱為炎黃子孫。

中華文明始於黃帝，他塑造了統一特色，中華各民族文化融為一體，往後的幾千年，即使遭遇過不同的挫折，結果也能重新凝聚起來，原因是傳承了「國土不可分、國家不可亂、民族不可散、文明不可斷」的共同信念。

縱觀中國歷史，出現不同的民族入主中原，不過，最終的發展都以「統一天下」為己任。一部中國史，可說就是一部各民族交融匯聚成多元一體中華民族的歷史。

嬴政教授經考察今天的資料，作出上述總結，「如果我穿梭回黃帝時代，我會向他作這個匯報。」

北京市
天津市
河北省
山西省
寧夏回族群自治區
山東省
黃帝
夏族
夷族
陝西省
河南省
蚩尤
黎族
江蘇省
安徽省
上海市
湖北省
重慶市
浙江省
江西省
湖南省

用科學態度看事物

嬴教授問：「同學們，還有什麼問題嗎？」自然科學老師陳Ｓｉｒ，表示要說個科學故事，讓同學舉一反三明白道理。

量子物理學家費曼感恩有一位懂科學教育的爸爸。

費曼爸爸經常帶孩子行山，一邊觀賞大自然，一邊從旁教導知識。有一次和其他小朋友玩耍，對方指住一隻飛過的鳥問費曼：「你知不知它是什麼？」費曼聳聳肩說不知，那孩子說：「這是畫眉鳥，你爸爸沒有教你嗎？」

其實才不是呢，費曼爸爸有教過，不過，教的方法跟一般爸爸不同。

費曼爸爸帶孩子觀鳥，指著同是飛過的畫眉說：「看見這飛鳥嗎？那是一隻會唱歌的鳥。」不過，他沒有特別要兒子記住鳥的名稱，因為沒有什麼意思。

「在意大利文、葡萄牙文、中文、日文裡，這鳥都有不同名稱，就算弄清楚它在全世界名稱，你對它還是一無所知，不如觀察這隻鳥在做什麼——這比較重要。」費曼眼光比其他孩子更廣闊，這是科學家的養分。

從科學小故事引申到學習歷史的態度，最重要的是領略世代承傳的文化精粹，拘泥於分類、定義和枝節，反而打不開眼界。一理通百理明，考古是不斷「發現」和「證明」，基於之前確立的「假設」、「理論」和「觀察」來進行。有關工程不應阻礙了我們對中國五千年的觀感。

欣賞會唱歌的鳥唱歌，比記得這鳥叫畫眉，更有建設性。

嬴教授對陳Ｓｉｒ的科學解說十分欣賞，他希望來到二零二四年的現代，要多找些關於科學的材料學習。

「朕不單止來講書授課，最希望有機會學習你們這個世代的事物，二千年古今交流，二千年新舊融合，這便是創新。」

陳Ｓｉｒ預告，下一課會安排最新的人工智能電腦輔助教學，精彩內容，敬請期待！

第二課

中國式現代化——絲綢篇

「同學們，本課是開講中華文明最重要的主題：中國式現代化，最早可以追溯到秦朝，讓朕從身上的龍服說起吧。」

黑絲龍袍的故事

秦始皇深信陰陽五行之說，夏朝屬木、商朝屬金、周朝屬火德，商取代夏是金克木，周取代商為火克金，秦取代周就是水克火。因此秦朝衣服旄旌節旗皆尚黑。

秦朝絲綢全部採用上等蠶繭製成，加工細緻，品質管理嚴謹，目的是確保相關產品的檔次，同時只有皇室貴族和富商才可消費，為了提升附加價值，更採用植物、動物等天然染料進行染色，以增加絲綢的鮮豔和質感。

中國蠶絲是現代化進程，蠶絲成為民間的生計，也形成了一個奢華產品的市場，對外貿易帶來財富，有利國家進行建設。

秦朝時代，有見於蠶絲產品太過昂貴，產量有限，於是除了限制出口蠶繭、絲綢之外，同時鼓勵民間發展其他纖維原料，如麻、棉等，以豐富紡織品的種類和用途。

秦即是絲

中國軟實力是從絲綢開始傳播出去，秦朝之前，中國已經開始經營絲綢對外貿易，遠至印度、希臘和埃及，當時和我們做生意的外國人，以「絲」來稱呼這個東方國家，古希臘、羅馬稱為「賽里斯」（Seres），西亞稱中國人為「秦」（Sin）。

猶太人稱中國為「秦國」（Sinim），稱中國人為「秦人」（Sine）。

Sine 後來演變為西語 Sina，Sina 又演變為漢譯梵語佛經中的「支那」，以及西文中的 Chin 和 China，其詞根都源於「大秦」。

秦是全球化的黎明

中國最早絲綢之路起點不是漢朝的西安，是始於秦朝的咸陽，這是古典的全球化開端。雖說更早可能已經有中西貿易交流，不過，秦朝率先以國家系統管理這個領域，既有制度更有基建配合，沒有秦朝的悉心營運基礎，中國的絲綢之路不會延續二千年。秦可以稱之為「全球化的黎明」。

近年的考古工作發現，早至七千年前的新石器時代已經有刻劃蠶和蛹的裝飾文物，證明史前人類已經對蠶生態的關注，黃帝時代是發明事業蓬勃，在他的帶領之下，部落統一，和平穩定，城市規模逐步擴張，蠶絲工藝更見成熟。

其他文明一直覬覦中國的絲綢技術，不過，只能夠模仿，但從未超越。因為別人用千年時間才破解養蠶造絲的產業技術，中國贏在起跑線。

歷史 Q & A

有人問今天中國現代化為什麼那麼快，請告訴他們，中國現代化二千年前已經開始，而且持續發展，中間有曲折但沒有停頓。

由於事關經濟貿易競爭力，中國為保護蠶絲的知識產權，歷朝下禁令阻止將技術與外交流，違令者重判刑罰。這是不是太嚴厲了吧？

羅馬帝國因為國民追求絲綢而流失大量黃金，即是貿易易差太大了，於是禁止穿絲綢，皇帝自己帶頭不穿，也不允許貴族穿著，後來還頒布法令禁止。經濟是任何國家的基石，不是什麼都是自由可以説得過去。

中國絲綢也贏在文化底蘊，五千年前確立農業經濟，社會更有時間發掘新事物，養蠶是一個穩定和富裕社會的產物，今天的科技也先出現於發達國家，道理可想而知。

黃帝文明攻略

黃帝從西北遷移到中原的涿鹿（今河北省），定居下來發展，擁有高端的經濟作業，大臣各有所長，發明天文曆法、交通工具、播種馴獸、養蠶製絲綢，文字、姓氏；軍事有弓矢、鍊鋼鑄鐵，和「黑科技」指南車。

黃帝實力壯大之後，聯合地方部族進行擴展，當時同級的部落對手是更早立足於中原的蚩尤，及叢林生活的三苗部族。還有黃帝的近親部落炎帝。

蚩尤因為有八十一個兄弟，個個好戰兇猛，銅製兵器最多，實力最強，又懂得利用天氣靈活作戰，所以與黃帝交鋒，蚩尤取得連勝。

黃帝文化水平較高，外交政治是強項，能號召其他部落聯手對抗蚩尤，增強了作戰力，可以承受多次的失利。黃帝旗下六大氏族：熊、羆、貅、貙、虎，加上指南車的導航，結果蚩尤敗亡。

秦始皇文治武功

秦採取遠交近攻，以超卓的外交戰略方針，有效分化離間不同對手，確立了著名的連橫策略，打破六國合縱抗秦的聯盟，從公元前二三零年起，先滅韓，再順序滅趙、滅魏、滅楚、滅燕，至公元前二二一年滅齊，完成統一。

為了有效管理國家，秦始皇不再行封而建之的「封建王朝」制度，改以現代國家形式的中央集權，設立郡縣的地方行政，這是吸收了周朝封建政治不濟的教訓。

軍事基礎是強國之本，同時軍民設建可以互補，秦修建多條貫通不同地區的運河，除了方便軍隊調動，對農業經濟也有幫助，令糧食生產達到安穩水平。中國成為富足的農業及貿易經濟大國，必須防禦北方遊牧民族來搶掠，長城建設為中國做好國家發展的護欄。

絲綢之母螺祖

中原廣泛地區有野生桑樹和野生的蠶蟲，黃帝及其團隊是「準科學家」，把很多平日偶然發現的現象，通過求知而達到應用，這是古文明的特色現代化。

黃帝有四妃十嬪，正妃是嫘祖。有一天，嫘祖在一片桑樹林中發現了蠶蟲吐絲的有趣自然現象，她告訴黃帝，下令保護周圍的桑樹，然後把蠶蟲小心的養起來，經觀察和研究之後，可以通過人工把絲提取出來作為做衣服的原料，於是教其婦女養蠶、繅絲和織帛，有系統的發展成為一項經濟活動。

二零零五年鄭州「河洛古國」五千年前遺址內發掘出一個「牙雕蠶」，由野豬的獠牙雕刻而生，造型非常逼真。一件小小的牙雕蠶，對中國文明探源提供了重要的考據。中國被稱為「絲綢古國」是恰如其分。

黃帝都邑出土

2020 年鄭州市文物考古研究院在公佈新發現五千多年前的黃帝的足蹟。

考古人員在河南省河洛鎮雙槐樹村進行調查，2005 年發現大型遺址。經過 15 年發掘研究所得，這是一個長 1500 米，南北寬 780 米公里的古代城市，是迄今為止中國最高規格部落聚居的發現，可稱之為「早期中華文明的胚胎」、「中華文明的源頭」，並命名為「河洛古國」。

這個遺址有幾大？中國自主設計建造的山東號航空母艦，長約 310 米，寬約 75 米，甲板面積為兩個足球場。可以想像黃帝的王城，大概有 4 至 5 艘山東艦那麼大。

航空母艦是現代文明的科學技術結晶產物，二千年前的秦始皇也許想像不了中國自主研製一座又一座的「飄流城堡」，可以全球航行。

河洛古國留下猜想

中外學術權威關注中國五千年的「信史」證據怎樣能找到，這是不是一個永遠解不開的謎？然而，河洛最新發展令我們看到曙光。「夏商周斷代工程」首席科學家李伯謙，解答黃帝與「河洛古國」之謎。

李伯謙：為什麼叫「河洛古國」？我們都知道《易經》是最古老的典籍之一，《易經．繫辭篇》提到：「河出圖，洛出書，聖人則之。」河，當然是指黃河，「洛」就是洛河。伊洛合流（伊河與洛河匯合）注入黃河的地方，現在叫河洛鎮。我們在河洛鎮發現這個遺址，至少從地點上講，從文獻記載的「河出圖，洛出書」的歷史背景來講，稱它為「河洛古國」沒問題。

從遺址內的圍牆、地基、墓葬與祭台，表明這是一個城市建築，形成大概實行階級統治的國家體制。有城市，有經濟，有國家，一般可定義為文明階段。

這確是打敗蚩尤的黃帝所建設的城遺址？李伯謙表示，黃帝時代是一個時期，黃帝不是指一個人，是一個部落。

「通過這個遺址我們可以看出，在距今五千三百年的時候，中國已經從基本平等的原始社會轉向階級產生、貧富分化越來越嚴重的階段。一個初期國家文明已經開始了。所以我說這是早期文明的一個標誌性發現。」中華文明一直長盛不衰沒有中斷。黃帝時代證實存在，期待有更多文物遺跡出土。

李伯謙：「這是了不起的事情。對提高中華民族的文化自信，是一個實實在在的根據；對我們今後怎麼更好地發展，提供了很多好的啟示，也給了新的動力。」

叫我們龍的傳人

龍是中華圖騰，象徵至高無上、出類拔萃，世代受尊崇。龍圖騰形成的時間，上溯到黃帝之前的伏羲時代，伏羲氏以蛇為圖騰。古籍流傳，伏羲蛇身人首，或視之為龍的化身。

「龍的傳人」源於黃帝打敗蚩尤統一中原，要另定新的圖騰，於是取材被統一的其它氏族的標誌性圖案。如鳥的標誌圖案、馬的標誌圖案、鹿的標誌圖案、蛇的標誌圖案、牛的標誌圖案、魚的標誌圖案等，最後拼合成了「龍」，一種虛擬的綜合性神靈。

宋代說龍的形象是這樣的：「角似鹿，頭似駝，眼似兔，項似蛇，腹似蜃，鱗似魚，爪似鷹，掌似虎，耳似牛。」

北京故宮最大建築物太和殿刻有近一萬五千條龍。龍是中華精神所在。我們叫龍的傳人，表示我們的文化自信。

歷史 Q & A

文化自信五大重點

多元融合，生生不息

中國從中原發祥，由一點擴展到全面，長久保持活力，不斷向前。

開放包容、交流互鑒

中華文明崇尚創新和交流，早在史前時期，各種對外活動已經展開。

文化造就軟實力

中國興起禮樂體制，孔子思想更加傳播廣泛，形成亞洲儒家文明圈。

人文精神，仁義兼愛

春秋時代百家爭鳴，與古希臘、古印度的哲學思想突破，同期發生。

國家一統，民心所向

五千年來有入侵，有紛亂，有割據，有戰爭。唯有統一，國家才得進步。

第課

人類從哪來的？

贏教授與陳Sir聯同電腦小助教AI-2030，主持一節名為〈科學歷史大哉問〉的古今對談，報名參加的同學都要備課，因為有機會上台提出問題。

大哉問，出於《論語》的感嘆句，意思是問題意義很重大啊。從互聯網無處不在，到AI無所不能的時代，沒有找不到資料也沒答不出的答案，然而，這樣令到問問題的價值愈來愈高，答答案的價值相對解低。說，「我知道」不如「問得有創見」才是價值所在。

電腦小助教作出解釋：「電腦可以儲存五千年的所有資料數據，不過，如果沒有人懂得向我發問，引導我去發掘、去學習，我即使大數據在手裡還是不知道答案。」

陳Sir說：「不必介意，人工智能很了不起的啊，我們請電腦小助教先為我們去那知識的大海，找出並整理好關於人類是如何開始有文化，有文明的資料。」

嬴教授表示，從小只認識關於盤古初開、女媧補天的神話，今天要聽一聽用現代科學的版本，究竟人是怎樣誕生的，更神妙的是為什麼只有人類才有文化、歷史和文明的概念，並且可以組建出偉大的王國。

用光速看人類

原來，人類的神奇是由發問開始，過程有點曲折，先上一課「宇宙人類學」，讓我們掌握基礎知識，方便繼續探討這大題目。

科學家多年研究和探討宇宙起源，過程很科幻的。電腦小助教以光年般速度閱讀這個以億萬年計的過程，讓大家了解人類是如何走過前世今生。

宇宙人類學

135 億年宇宙出現一次「大爆炸」（Big Bang）：宇宙出現了，並釋不同的物質。100 億年前，物質四周遊離，與能量結合，產生原子、分子，宇宙混沌，出現無數星雲。50 億年前，太陽星雲的物質構成地球。

科學家將地球出現模擬為 24 小時——地球形成時間設定為凌晨零時，如是者，每秒大概 5 萬年，每分鐘 300 萬年——按此模擬時間計算，135 億年約等於 3 日，「大爆炸」發生在地球誕生之前 2 日。

地球構成之後約 10 億年，原子與分子出現結合，形成了生物。從生物到有人類的出現，是一個數以 10 億的時間。

盤古開天

嬴教授告訴同學們，中國神話跟今天科學觀有奇妙的相似劇情。

中國神話說的很科學。在天地開闢之前，這是一團氣，裡面沒有光，也沒有聲音（恍如今天描述宇宙大爆炸之前，這裡沒有分子也沒有原子般混沌），這時候出現了一個盤古氏，用大斧把這一團混沌劈開來，輕的氣往上浮，就成了天，重的氣往下沉，成為了地。

往後，天每天高出一丈，地每天加厚一丈（神似現代的宇宙膨脹論），盤古氏本人每天也長了一丈。如是者，過了一萬八千年，天就很高，地就很厚，盤古成為頂天立地的巨人。盤古氏死後，他的身體化為萬物（一百億年前的星雲出現？）包括太陽、月亮、星星、高山、大海、河流草木。

傳說描述，盤古倒下了，頭化為東嶽泰山（山東），腳是西嶽華山（陝西），左臂是南嶽衡山（湖南），右臂是北嶽恆山（山西），腹部是中嶽嵩山（在河南）。如是者，江河大地陸續出現，世間便滋長出萬物。

女媧造人

人是如何走過來的？這又是另一個神話，如果說盤古開天闢地是代表父系的故事，那麼造人便屬於母系社會的傳說。

話說天地開闢以後，天上有了太陽、月亮和星星，地上有了山川草木，甚至有了鳥獸蟲魚了，可是不是太過單調了一點嗎？

當時，有一位女神名為女媧，她擁有神奇的力量，有一天，她走在河邊，望著水面自己的倒影，忽然有靈感，順手拿起泥土，依她的樣子捏起一個個小娃娃出來，這就是今天的人類。不過，人是會生老病死的，如何讓人不絕的繁衍，而不必由女媧每次去造人？於是她想出一個方法，就是開創了男女婚姻，讓他們製造後代。如是者，女媧被奉為中華的母親。

同學們有如親身經歷這麼玄妙的神話，無一不感到中華思想的奧妙。

「好了，剛才說到的十億年，是不是太遠了，讓我們去到那麼近的世界。」

AI–2030 接下來講解科學的人類的進化史。

人類來自宇宙的物質

6600 萬年前！一顆寬約 10 公里的小行星撞上了地球，產生巨大的氣候變化，大量碎屑捲入大氣層，產生溫室效應，地面黑暗且高溫，大量動植物被殺死。

體積龐大稱霸地球的恐龍更被滅絕，同期的哺乳動物生存再不受恐龍威脅，依靠尚存的植物維生得以茁壯，進化出棲息靈長類動物，不同的生活方式改變了體態。

經過 1000 萬年之後，出現擁有靈活手腳，適合樹上攀爬並在此棲息的古猿猴，科學家認為這是和我們親緣最相近的生物，這家族其中一支便是人類的始祖。

與神話不同，人類是由猿人進化的不是流傳，而是考古學研究出土的化石得到證明。

非洲「露西」是遠親

300 至 400 萬年前有近人類的「猿人」出現，1974 年在衣索匹亞發現「阿法南猿」，即前述的「露西」，她不會織絲，也不會補天造人，科學家推斷她是出生於 350 萬年前，腦袋不及現代的人類，主要靠採食地下草果，不過，此時已經接近人類走出蒙昧的世紀，猿人進化到可以用雙手活動。

原始人差點滅絕

250 萬年前，非洲氣候改變，猿人需要遷移與適應環境，從森林到大草原，刺激腦筋發達，磨練出較高智力，配合雙手的靈活操作，懂得打磨石器獵獸及切肉而食。

180 萬年前，進化新一代的猿人，他們更健壯有更大腦製，新的頭腦可創造石器和木器。主要狩獵，有刀、斧，並且懂得生火。

70–50 萬年前，非洲之外，印尼找到 70 萬年前的「爪哇人」，在北京周口店找到 50 萬年前的「北京人」。不過，如果他們今天走在大街上，你以為這是《星球大戰》的特型演員，不會認得出這是人類的親戚。

猿人開始現代化

20 萬前才有接近人類的「現代人」，可以說這是高級的猿人，又稱原始人，脫離了猿的屬性，可是生不逢時，他們的進化過程中，地球同期出現氣候巨變，他們接受一場很殘酷的自然淘汰才得以生存，這段時間原始人幾乎絕種，居於非洲的早期「現代人」只剩下幾百人。

7 萬年前，「現代人」走出他們的現代化，從出土的考古遺址可見，他們能造船、點燈、弓箭、縫衣。7 至 3 萬年現代人進步到創作藝術，語言傳遞信息也逐步發展起來。

人類從猿人走出叢林到興建城市，這漫長時間還有太多事情未得以知曉，目前還是一個不斷發掘、不斷修正的工作。

早期「現代人」的大腦較大，可是還不夠聰明，不過，嚴苛的生存環境提升了大腦運作能力，他們能有「現代行為」，能進行複雜象徵性的思維，最大突破是開始懂得向周圍的事物感到好奇，而提出發問。

人類的智慧來了！

人類的一問，開啟了智慧，於是不再滿足生存覓食的簡單生活，雙手更靈巧，不再限於製造實用性工具，受大自然變化的感動，精神生活日趨豐富，抒發個人感情的藝術，伴隨敬畏上天的崇拜而起，隨後衍生而來更多的創作活動，這就是文化，文化正好反映不同部落人種的生活方式，受地域環境啟發的獨特理念。

若以地球模擬 24 小時計，我們是不足 1 秒之前才擁有文明。原始人類開始具備「現代人類行為」是「轉念」之間的改變。

舊石器時代進化到新石器時代，環境不再容許靠採集食物來過活了，14 萬年前，地球氣候變遷，無物可採，倖存的原始人摸索得到生產食物之道，從此他們再不是被動因應環境，而是主動地塑造環境。」1920 年，學術界創造了「新石器革命」來形容，用今天的話說，可謂人類第一次現代化。

在宇宙來說，文明是剎那

在極不可能生存的環境而得以生存下來，是直接訓練和開發了原始人的頭腦心智，他們大致跟我們一樣，有思考、發問、推動的能力，於是除生產生活之外，他們式已開始思考存在的問題，例如「誰掌控宇宙？」同時問：「我是誰？」、「我可以把環境改變成適合自己的樣子嗎？」不要輕視這些看似虛無縹緲的疑問，這是日後科學、宗教和藝術的起源。

正因為人類懂得問，意會抽象事物，人類才能在地球破曉到明天的一剎那，脫穎而出。

「人類醞釀很長時間，才開始思考，一切可能是四萬年前開始的，當時的人類展現出現代行為。」新舊石器時代的改變，不是石器的改變，而是「思考方式」改變了人類，我們的智慧從懂得問開始，這一問，人類等了四萬年。

文明不是那麼複雜啊

文明，是建基於文化，先有文化，然後有文明，我們從考古研究使可知，猿人、原始人各自有其藝術、崇拜活動，例如山洞壁畫，精製的石刀，人體裝飾。當人類能夠依靠其創造的生產方式（經濟），通過分工合作（政治），形成龐大的人口共聚的城邦，這個城邦的人有足夠智慧發明新技術，有能力組織起來擴展勢力，這便是文明。

文明建立了，城邦居住幾萬到十幾萬人，需要管理、分工、協作和抵抗外來威脅，需要知道「我是誰」，其他人是誰，繼而還要問，為什麼同心協力一起工作一起生活，沒有一種認同感、向心力，這只能是一班人，沒有效率也不會有建設，所以文明時代開始便有「民族」、「國家」的思想萌生。

「人類用四萬才懂得思考，今天的人工智能可以翻閱四萬年的資料和數據，一秒之間便可以記得住所有搜尋過的東西，整理出系統化的檔案出來，人類的歷史、文化是不是要改寫？未來會否出現一個由人工智能生成的文明？」

這一課資料很多也夠複雜，為了方便重溫學習，電腦小助教做好一個簡易的筆記。

中國先有五千年歷史
才創造了中國文化
文化記載歷史
世代相傳
凝聚一個自信的民族
叫龍的傳人

民族團結建設文明
從部落到統一王朝
積極拓展貿易推動經濟合作
促進中外交流互利共贏
過程從未中斷
現在更加速超前

歷史朝代歌訣

五千年歷史朝代可以當詩歌般朗誦，背熟了，便算是「中國歷史達人」。

黃虞夏商周　春秋戰國秦
兩漢三國晉　晉後南北分
隋唐五代宋　元明清及民
宋元明清後　王朝至此完

第四課

秦是現代化先驅

秦始皇不遠二千年而來這裡，很想了解大家今天熱衷談論的現代化，與秦朝有什麼分別。課堂安排了電腦小助教 AI-2030，跟大家交流。

嬴教授很高興跟電腦小助教互動，他說：「如果春秋戰國時代就有這個電腦小助教，朕就不用招呼那麼多說客。」

「是的，教授，我與你身邊的謀士最大分別，一是廿四小時服務，二是不用報酬。」

同學們都笑了。

電腦小助教經過秒間的資料搜尋和整理之後，率先發言：「聽過你說的課，從黃帝開創的中華文明，及至秦朝在你管治下的盛世，尤其是飼養蠶教絲織，一切都很在意人民的生活，不過，為什麼你同時又驅使幾十萬人建萬里長城，花十年開鑿鄭國渠，還有修建七百公里的秦直道，豈不是勞民傷財，這些超級宏大的建設用得著嗎？」

嬴教授回答：「秦朝雖然是不同時代，不過都是做同一項使命：現代化。朕開創的盛世其實就是中國式現代化的過程。」

秦朝之強大，始見於戰國初即公元前三百六十一年，秦孝公招攬衛國名士商鞅為國家制度進行改革，二次變法的成功，使秦國成為當時的「現代化」國家，綜合力量大增。

秦朝爭霸是有歷史原因，春秋戰國幾百年戰爭，規模愈來愈大，如果不休息生息，以農業和商業為本的中原經濟體，將會出現互相毀滅的局面，周圍的外族遊牧民族，便會下來任意掠奪，到了戰國末期，眾多諸候已經淘汰得七七八八，餘下的是以秦的實力最強，這不單只是軍事建設，秦國經過「現代化」的革新之後，擁有比封建時代更高效的管理，適合擔當天下統一的大任。

歷史往往說秦始皇治國太過嚴厲，其實沒有他的決心，中原停留在「小確幸」的話，中華文明便大有可能被外來勢力改寫了。

第一個中國式現代化

秦朝在二千年前怎會都有現代化？電腦小助教馬上搜尋資料。

西方工業革命文明於三百年前崛起，影響遍及全球每一個角落，於是近代人以工業化作為標準，傳統農業社會尋求工業化的過程，被稱為「現代化」。事實上，這是狹義的「現代化」，或可稱為「西方化」而已。

事實上，人類的歷史文化、科技經濟都不斷進步，當全面超過舊的一套之後，社會便需要改革創新，以求適應新的環境，這便是廣義的「現代化」過程。

「謝謝電腦小助教清楚解釋現代化這名詞，朕可不是你說的嚴厲君主，拜託，如果你用今時今日的角度看歷史，必然會出現偏差，因為我們相隔了二千年，大家看看秦朝的經營，大家將會改觀。」

大興土木，回報數千年

從古至今，水利強國向來是重大國家戰略。「水利」一詞，最早使用於秦，出自《呂氏春秋》中的「堀地財，取水利」。當年秦軍所向披靡，主要得益都江堰、鄭國渠、靈渠提供的水利驅動通道。

秦昭襄王修築都江堰打造成都平原後勤基地，及至秦始皇開通鄭國渠至關中平原，再到攻滅六國後開鑿靈渠向珠江流域發展，三大水利工程代表了秦統一六國和拓展華夏民族生存空間的不同階段。

秦朝也是基建狂魔，堪比今天中國——高速公路里數、高速公路網絡都是世界第一，覆蓋所有城區，全國縣市將實現十五分鐘之內上高速的目標——除了擴建咸陽，築阿房宮之外，秦朝留下多項影響至今的偉大建設。

秦直道

中國古代高速公路，穿越 14 個縣，800 多公里。路面最寬約 60 米，秦始皇命大將蒙恬率領 10 萬軍民工修建兩年而成，馬車可快速直達北方，防禦邊疆。

都江堰

秦昭襄王修建，即秦始皇三代之前，由四川的蜀郡太守李冰父子組織修建的大型工程，從秦朝到如今 2000 多年，一直在使用防洪灌溉，沒有荒廢。

靈渠

中國最古老運河，位於廣西桂林，秦始皇南征受阻，隨即下令在此修建人工運河，方便運載糧餉。靈渠歷時 5 年鑿成，為統一南方之地，提供了基礎。

鄭國渠

秦始皇征討六國時期，在位於陝西省建設大型水利工程，歷時 10 年修建，灌溉了數萬公頃的關中田地，使關中平原成為千里沃野，增強了秦國的經濟實力。

五尺道

主要是由秦國建設，連接中原、四川與雲南的通道。由於道路寬僅五尺，故史稱「五尺道」。道路儘管狹窄但經濟意義重大，成為雲南與蜀的重要商道。

阿房宮

譽為「天下第一宮」， 與萬里長城、秦始皇陵、秦直道並稱為「秦始皇四大工程」，因為這都是中國首次統一的標誌性建築，是中華文明的代表作之一。

長城保衛中原

秦始皇完成統一，為抵禦北方匈奴的騷擾，在先秦長城的基礎上重新修建，長達萬里，並歷經之後十多個朝代修建，明朝成為最後大修長城的朝代。長城也成為中國的精神象徵。

修建長城是為了將中原的農業民族與外來的民族分隔，主要是匈奴，秦朝擊敗匈奴取回河套地區，使之成為中國永遠版圖。

萬里長城
秦始皇完成統一，為抵禦北方匈奴的騷擾，在先秦長城的基礎上重新修建，長達萬里，並歷經之後十多個朝代修建，明朝成為最後大修長城的朝代。長城也成為中國的精神象徵。

秦始皇在位時專注振興軍力，原因是北方匈奴先行統一其他外族而崛起，從而威脅中原地域。傳統上，秦、趙、燕三國在北方抵禦，不過分散之力不及統一的強大，秦始皇不單只是為了霸業，更負起保衛華夏文明的使命。

秦與六國及匈奴地圖

同學們對於秦始皇的功績有不同的看法，例如：一直以來，不少人慨嘆秦始皇動用舉國之力建陵園、製陶俑是任性奢華，無利於民生。秦始皇造陵徵集七十多萬個工匠，建造時間長達近四十年，究竟是不是一項無謂的工程？

秦朝之後多年，蕭何向漢高祖劉邦解釋，為什麼天下連年征戰之下，還要為漢朝建設一個龐大的宮殿未央宮，難道不以秦為鑒？蕭何說：建設壯麗的宮殿是體現國力，能威懾天下，對管治產生不可言喻的功能，劉邦才轉怒為喜。

始自夏商朝代，國家制度成形，階級統治講求「禮」的秩序制度。「禮」就是君臣父子，上下尊卑的界限，當代鑄造的巨大銅器，藝術表現手法可謂集威嚴、猙獰和恐怖於一身，旨求對社會民眾產生一種心理的壓迫力量，而不是建構雅俗共賞的和諧氛圍。

歷史 Q & A

商朝的開國君主成湯留下的箴言：「苟日新，日日新，又日新」以自勉，說明革新是中華傳統思想，用今天的話說：如果能夠一天新，就應保持天天新，新了還要更新。

中華文明是什麼？一句話，中華文明就是上下五千年追求進步的總和，從這個角度了解今天的中國式現代化，令我們更加堅定自信。

現代中國擁有：一、超大型人口規模；二、超廣闊疆土領域、三、超悠久歷史；四、超豐富文化積累。其他現代化國家沒有以上齊全條件，與此同時，其他文明古國已經中斷不延續。

能夠實現古代文明與現代化結合、保持更新的是中國，我們是「文明的現代化」國家。

秦朝的多項基建和建築都是力求空前的巨大，例如建咸陽城，這是世界最大的都會，漢朝賈誼的《過秦論》形容秦的氣魄：「席捲天下，包舉宇內，囊括四海，併吞八方。」這裡的建築阿房宮內，鑄造十二個銅人，每個折算為高逾七米，重達三十噸。加上萬里長城，表現秦開拓四海的磅礡之氣。

贏教授對於後世的名家對他的評論，採取開放包容的態度，「這畢竟是二千年前的時代，我是走出中華文明的一大步，有很多事物和建設，今天回過頭來看，你可以說應該可以做得更好一些，我的意見是歷史是動態進行的，而且不斷通過經驗和教訓得以改良。」

「同學們，今天你們的中國式現代化已經創新成為一個公平合理的進程，為此，我要向你們祝賀，希望繼續努力。」

這就是文化自信

過去百年中國曲折艱難，走自主開發的現代化道路，結果我們花三十年走完西方二百年才完成的現代化發展——估計往後每年經濟增長率保持在百分之五，不需十年，經濟總量將超過美國，中國再度領先世界。

中國最困難的時期，輸掉了與西方列強的兩場戰爭（一八四二年、一八六零年二次鴉片戰爭），太平天國之亂尚未平定；西方列強正在忙於在中國領土上劃分勢力範圍，一八六三年滿清同治王帝登基不久，他給當時的美國總統林肯致函：「朕承天命，撫有四海，視中國和異邦同為一家，彼此無異也。」

西方驚訝這位清朝皇帝，在當前災難，依然認為西方與過往蠻夷入侵沒有二致，最終也會敗給中國人的堅韌不拔和優越的文化。到了今天，大家應該明白同治不是盲目和傲慢，而是文化自信的表現。

第五課

永不會散滅的秦朝精神

美國總統列根 1984 年參觀兵馬俑。站在秦俑和陶馬合照，說笑問：「它們不會踢我吧。」走出俑坑，又俏皮地對兵馬俑軍陣說：「解散！」

秦始皇的地下軍團

這堂課由一則歷史玩笑說起，電腦小助教問嬴教授有什麼回應。同學們哄動起來，想像當日列根在秦俑展覽館遇到穿越回來的秦始皇，場面會怎麼樣。

嬴教授語鋒一轉：「這位總統要解散我的秦俑，說說笑是可以的，秦朝是軍事強國，擁有當時世上最好的戰車、長矛、勾戟、弩箭高端武器，還擁有當時世上最好完備的軍事制度，橫掃六國，完成統一大業，軍隊士氣如虹，統帥軍令如山。」

秦軍的紀律很嚴，凡誤傳命令者、自亂秩序者，都會受到最嚴厲的懲罰，秦軍是一支不可被旁人解散的戰爭勇士，秦始皇為了永久保持秦國的威嚴，囑咐死後在他的陵墓建立一支地下軍團。

世界第八奇蹟

一九七四年三月，陝西省臨潼縣西楊村，農民打井時發現一些陶俑碎片。陝西省當局馬上組織考古隊進駐西楊村，領隊滿以為只需花幾天一個星期便可以完成工作，事關翻開任何古籍都沒有記載過秦始皇的陵園有這麼的一支陶製的兵馬俑。當他們一經發掘之下，世界歷史最大奇蹟之一重新出土面世（被譽為世界第八大奇蹟）。

嬴教授以專家的身份介紹：「秦軍主要分為待衛軍、屯衛軍、宿衛軍三大類，秦始皇兵馬俑屬於第三類，他們平時是駐守於京城，遇上戰事可以抽調出外作戰。」

同學舉手問：「實在不太明白，你花了那麼多人力物力和財富，建造一支不會打仗的軍隊，豈不是削弱了秦國的力量嗎？我這樣說，希望教授不要生氣！」

「很多人就是不了解秦俑，其實背後有故事的。」

兵馬俑可以復活？

強國必先強軍，秦始皇深知生命有限，惟望過世之後，仍可以在陰間冥界，持續發展軍事，永生永世都有一支強大的兵團在手，如是者，成千上萬的陶兵埋在陵園，並擺出模擬作戰的陣式，不單只為了保衛秦始皇，更是為了實現這位中國第一位統一君主可以日夜練兵。

秦俑造型是近乎實物，藝術造型微妙精細之處，在於兵俑具有形態的共同性：目、國、用、甲、田、由、申、風八種基本臉型，民族雕塑家把這些臉型叫作「八格」或「八字」，秦俑保留了中華民族的神韻。

至於表情方面，就十分豐富和多樣化，有沉思、怒視、微笑、焦慮、哀愁、冷靜等等。

大家不禁要問：「如此卓越藝術成就的兵馬俑是怎樣製作的，秦人何以要這樣做呢？」

秦俑不是「中國製造」？

秦俑為代表的秦代雕塑，體現唐代李白詩云：「秦皇掃六合，虎視何雄哉」的雄圖，漢唐雕塑承傳了這份風格，影響所及，鑄煉出中國藝術的拔群風格。秦俑出土最重要是打破一直以來，大家以西方雕刻為尊的說法。

有藝術學者評論，中國古代雕塑不及西方，一般作品粗獷原始，缺乏精緻寫實。當秦代兵馬俑這支龐大的寫實陶製軍隊重見天日之後，扭轉了世界藝術史觀。從現代的藝術角度分析，秦俑每一個造像都是立體雕塑的傑作，除了豐富了世界只習慣希臘、羅馬的西方雕塑美之外，秦俑爭取到以漢族形象的審美話語權。

不過，當秦俑陸續有驚世的出土文物發現之後，忽然由西方提出一個「秦俑源於希臘」的猜想出來，這是什麼的一回事？

希臘藝術家製作秦俑？

二千多年前，有位來自希臘的神秘藝術家，穿過兩河地區進入中原，參加秦始皇的一項秘密任務……這是轟動國際的考古新聞。

- 考古學家的最新研究顯示，秦始皇帝陵墓裏兵馬俑可能從古希臘獲得靈感；古希臘人甚至可能早在公元前三世紀就抵達秦國，培訓了當地工匠。
- 中國考古學家表示，「有證據表明，早在絲綢之路正式開通之前，始皇帝的中國跟西方就有密切接觸。」
- 中國新疆發現的歐洲人線粒體DNA遺傳密碼表明，歐洲人可能在秦朝之前就在中國西部地區定居、繁衍。

——BBC 二零一六年十月〈兵馬俑揭秘：公元前3世紀古希臘的靈感〉

西方學者認為中國之前沒有像秦俑的立體的雕塑工藝，墓葬也沒加入等身的雕塑人像的慣例，據說秦朝已經與西方有來往，古希臘雕塑藝術可追溯公元前三百年左右進入亞洲，猜想秦皇重聘用希臘雕刻家來中國製作兵馬俑。

嬴教授表示，這是第一次聽到類似傳聞。

秦始皇陵墓新發現馬戲雜耍陶俑，這最早見於西域的藝術，是否可以支持西方來秦國指導藝術的線索？

嬴教授說：「雜技是中國最古老的藝術之一，春秋戰國時代已經流行。」

電腦小助教找到資料，秦統一六國之後，搜集六國諸侯宮廷的鐘鼓音樂、歌舞、雜技表演者來到咸陽。「其中有『角抵戲』，即是摔跤，朕是這項目的愛好者。」

西方學者對秦的猜想

關於中國文化藝術西來之說，只是大膽假設，尚未有求證，你以為二千年前的交通是那麼方便，藝術團隨便攀過山，穿過沙漠都可以來中原巡迴演出嗎？

目前，秦俑坑內沒有發現有關希臘的線索，中國學者認為，兵馬俑的創作是源於中國當地自然環境、文化環境，沒有受西方或其他外來的影響。

嬴教授微笑：「有一天條件許可，朕邀請你們的記者穿越到秦朝，朕當文化歷史導賞員。」

同學們都關心秦始皇有沒有跟羅馬帝國交往，電腦小助教找出一段由美國政治學者布熱津斯基寫的論述，見於其著作《大棋盤》。

縱觀而言，羅馬帝國並不是當時獨一無二的帝國。羅馬與中華帝國幾乎同時興起，只是彼此不知有另一帝國的存在罷了。

羅馬帝國的「尋秦記」

秦國在公元前二二一年，當時羅馬與迦太基進行匿布戰爭，經過三次匿布戰爭，最早發生於公元前二六四年，第二次是公元前二一八年，及至公元前一四六年，羅馬奠定帝國基業，迦太基亡國。換言之，羅馬帝國成立比秦始皇滅六國晚了幾十年。

有研究稱，公元前五十年左右，羅馬才開始流行來自中國的絲綢，不得了，經過萬水千山，羅馬的絲綢十分昂貴，傳說一両絲價值等於一両黃金。由於太過奢侈了，當時羅馬的有識之士寫文章，勸說羅馬人不要偏愛絲綢服裝，以免耗盡帝國的財富。不過，時尚之風難以轉易，貴族婦女對絲綢執迷不悔，因為絲綢服裝最能顯露身材。

「二千年前的交通，東西交往一來一回，中間停留，可能以十年時間計。可以想像，絲綢是貴得有道理。」

「朕很佩服那些有口才，又滑稽的人物，例如美國總統列根。滑稽即是今天你們所說的幽默感，這是來自英文的字詞，對不對？」看來穿越而來的秦始皇對於學習和適應新環境，態度積極而且用功努力。

話說，優旃是著名的歌舞藝人，個子非常矮小。擅長說段子，即是經過幽默包裝的敘事技巧，不過，他不是為了上當時的綜藝節目，而是為了當貴族和君主的謀士，由於身份高低有別，對大人不可直說真話，轉一彎來，氣氛就不同了，除了避免開罪不能開罪的人，最終目的是讓對方接受他的意見。

「朕當有一天宮中設置酒宴，正值天降大雨，宮殿階下的站崗衛士被雨淋得很慘。」優旃看到十分憐憫他們，不過，又不敢向的直言，他心生一計。

幽默的人有才能

宮殿宴會開始，大家上前向秦始皇祝酒，高呼萬歲。此時優旃大喊：「衛士！」衛士答：「有」。

優旃故意講說話給殿上的人聽：「衛士啊，可憐你們長得高大，那又有什麼好處？只有站在露天淋雨。」然後望著秦始皇說：「我雖長得矮小，卻有幸在殿內休息。」

「朕對他的說話，心領神會，於是馬上下令衛士可以減半值班，輪流接替。」

又有一次，秦始皇有點不務正業，想要擴大射獵的區域，計劃東到函谷關，西到雍縣和陳倉。優旃二話不說，表示百分之百同意：「好！多養些禽獸在獵區範圍吧，那麼敵人從東邊來侵犯，便讓麋鹿用角去頂他們回去。」

「朕明白優旃說反話的苦心，就停止了擴大獵場的計畫，專心政務軍事。」

電腦小助教補充優旃的歷史資料，原來他是被寫入《史記·滑稽列傳》的人物。

滑稽一般指「詼諧」、「幽默」，甚至「無厘頭」，不過，《史記》的「滑稽」定義為四個要點：口才、機智；這是基本技巧，然後是講品德：無害人之心、以道之用，四點缺一不可，最後一點尤其重要，因為這不是說笑話、相聲的表演，而是要有勸諫治國者的目的，以諷刺方式勸諫，故又名「諷諫」，這是春秋戰國時代謀士其中的一項專業技能。

列根的「滑稽」是口才與機智的表現，不過，他真正的動機不是善意的勸諫，而是專門用來諷刺美國的冷戰對手蘇聯，現代稱之為「軟實力」，不用武器，便能為自己建立了聲勢和形象。

再來一個美國故事

贏教授問電腦小助教，可不可以替我發個定位給列根，大家見見面。「噢，你好像有點滑稽了。」不過，找到堪比中國古代滑稽的故事是可以的，以下是美國一位總統對記者的機智交鋒。

帶領美國二十世紀二十年代經濟大蕭條，是羅斯福總統，他連續擔任了四屆美國總統。一九四四年，當羅斯福第四次連任總統，記者走過來問他，對於連任那麼多屆總統，有什麼的感想？羅斯福笑而不答，連請記者吃了三件蛋糕。

記者起初不知就裡，反正感覺是殊榮，通通吃下了。羅斯福遞給他第四塊時，記者面有難色，太飽了吧，可是又不知如何推卻，結果硬吃了下去。

羅斯福微笑著說：「現在不用回答你的問題，想必你已經與我感同身受了。」

當君主領導的，可不是開玩笑那麼簡單。

第六課 如果中國有一萬年

三星堆被喻為跟秦俑同樣神秘的中國文物發現，同學好奇問嬴教授，其實秦俑與三星堆有沒有關係？「說不定都是外來星際的產物！

秦始皇到過三星堆？

「中國的文化自信基於正確的歷史觀，我們的文明發祥於中原，吸納百川而成為中華民族，有些歷史環節可能留有一點空白，暫未有足夠的考古發現，於是很容易由任意的想像給中華文明亂填顏色。」陳Ｓｉｒ說坊間傳說很多值得深思。

嬴教授表示：「有人說朕的秦俑是來自希臘的雕刻藝術，如今有人發現三星堆出現與華夏不同的文化時，便說三星堆也是來自西方文明，你說秦俑和三星堆都不是『中國製造』嗎？我不同意。」事實上，考古研究發現，三星堆跟秦始皇沒有關係。二千年前的古代，可沒有好像今天的中國文化博物館呢！

「更有一說，夏朝的大禹治水，只有古籍相傳而沒有遺址出土，猜想是出於較先進文明的蘇米爾兩河流域的治水，不是中華的本土文明歷史。」傳說的中國傳說，中國被傳說消失了。

三星堆的發現，目前還有很多謎團未解，在工作進程出現落差的情況下，外間猜測，是中國考古有意隱瞞四川的三星堆文明高於夏商，其實中原是受外來遷移文化的影響。

以上對中華文明的任意猜想，只是坊間從不同文明神話相似人物和情節，任意用假想推斷，這可算是一種現代神話，反覆在網上、通俗寫作傳播下去，便會擾亂我們的文明建設工程，最好讓考古工作來說話，科學確建立我們的歷史觀、中國觀。

中華祖先不是非洲猿人

考古工作證實最遠古生存在中華大地的人類超過二百萬年，陝西藍田的遺址經科學測定最古約二百十一萬年前，雲南元謀人則為一百七十萬年前，學術認為這些發現足以說明中華大地是世界上早期古人類的重要地區之一。

電腦小助授找出另一個資料：「人類學研究，從藍田人到五十萬年前的北京猿人沿襲相同的體質特點，西方猜想的人類來源非洲之說，站不住腳。在中華大地出土的豐富考古資料顯示，藍田、元謀、北京等猿人一脈相承，後來成現代原始人，是為中華大地的祖先。」

陳Sir再提及之前說過三百五十萬年前在非洲發現的「露西」，不是所有人類的祖先，幾百萬年前地球有十幾種不同的猿人，各自在不同地域接受自然環境的淘汰，最後演化成現代原始人。

中國史前人類

藍田人	陝西藍田縣	210 萬年前
元謀人	雲南省元謀縣	170 萬年前
北京人	北京周口店	50 萬年前

5000 年以上文化遺址發現

仰紹文化	黃河中游	20 年代，河南三門峽
紅山文化	遼河上游	20 年代，內蒙古赤峰市
龍山文化	黃河中下游	20 年代，山東濟南
良渚文化	長江下游	30 年代，浙江良渚
三星堆文化	長江上游	30 年代，四川廣漢
大汶口文化	黃河下游	50 年代，山東泰安
河姆渡文化	長江下游	70 年代，浙江杭州

文化西來之說不攻自破

三星堆最早被發現於一九二九年，到了上世紀八十年代，大批珍貴文物出土，震驚了世界，因為太令人歎為觀止，現被譽為「二十世紀人類最偉大的考古發現」之一。不過，三星堆的出現，令考古研究出現新思維。

過去，學界主導思想的是中華文明的起源地在黃河流域，隨著長江流域相繼有重要遺址發現，遠在中原之外的四川也有發現先進的古文明，表示周邊部族在夏商朝的同一時期，亦已進入「古城、古國、古文明」階段，中華文明起源多元一體的歷史輪廓，清晰顯現。

更重要的發現近年在江西、廣西和湖南不同地方，出土一萬年前的陶器，被意為中華文化要比西亞走前四千多年，換言之，中華一萬年之說，成為新課題，或至少破解了「中國史前文化西來」之謎。

三星堆充滿奇幻

嬴教授希望陳Sir和電腦小助教，為大家補一課中華最神秘的考古發現，綜合這個遺址的必讀重點。

三星堆出土之時，所有人都被發挖出來的類似外星人的青銅縱目面具等造型驚呆了，還有高一米多，重逾一百五十公斤的神樹、神像，青銅立人，都是絕無僅有的文物。

其中關鍵文物是遺址內的巨大青銅神樹，與中國古代神話的《山海經》記載的，屹立於東方的「扶桑」和西方的「若木」神樹所描述吻合。完美詮釋了千載傳唱的關於「十日」和「太陽鳥」的美麗傳說。

中國古代神話中，有關太陽的傳說，都有鳥的形象。「十日神話」是指十隻神鳥輪流值班，背負著太陽東升西落。出土的青銅神樹有九隻鳥，頂部缺失了一塊，可能還有一隻鳥，也可能表達另有一隻在天上值日的造型意圖。

十隻太陽鳥棲息在扶桑、若木等神樹上。專家認為，三星堆的青銅神樹除了與太陽崇拜有關，在三星堆的古蜀先民眼中，這棵神樹，還是連接天地溝通人神的登天之梯，一棵神樹還待考古發掘更多考證。

三星堆一號坑出土的金杖，上有鳥、弓箭、魚和戴冠人頭像圖案。有考古學家認為，這是代表王權的「圖騰」，為傳說中的古蜀王——魚鳧王有關。三星堆金杖、金面具、青銅人像等在黃河流域鮮見。

奇妙的是在距離三星堆不遠的金沙遺址，發現一件稱為「金冠帶」的金器，與三星堆一號的金仗上的圖案幾乎完全相同，表面證明三星堆與金沙看來是同等級的社群，兩地擁有共同的原始信息。

沒有文字的文明

有人說三星文化鍊金有術，如此高等技術是中原文明之上，由於金杖與埃及、兩河文明等地區的出土文物有相似，也有分別，於是古蜀王國又被推斷為西方文明外來論的支持。

「不過，打臉那些專門說中國歷史不可信專家的是，三星堆和金沙遺址，即使發現了如此豐富的文化結晶工藝，可是沒有發現文字，對於具有如此文明高度的青銅與黃金古國，無疑是令人費解。」

嬴教授說：「說沒有文字記載就不是信史，那麼未見有文字的古蜀國文明，難道都是幻覺？呵呵！」

同學想到了答案：「都說三星堆是外星人的傑作啦。」電腦小助教繼續努力搜尋歷史資料，無暇說笑。

古蜀王國與中華文明是相連的線索是絲綢，三星堆遺址祭祀坑發現了兩種絲綢。一種是在祭祀坑的灰燼層裡發現絲綢痕跡；第二種是在青銅器的周邊上發現了絲綢包裹的痕跡。

反映絲綢在古蜀王國用於宗教崇拜，也是日常穿著或用於殯葬。發現了絲綢，考古學家正期待進一步的發掘和研究，得出絲綢上有文字出現的可能。

二零二一年出現一則驚喜新聞。

由於三星堆發了絲綢，於是研究員不停使用各種顯微鏡對文物加以觀察，這年的五月，平凡的下午，研究員在一件青銅器上，發現這裡的絲綢呈現出斜紋結構，初步認為這是三星堆發現的另一種絲綢組織結構，說明當時三星堆使用的絲綢不只一種，三星堆紡織有豐富的類型，如是推斷，有進一步發現文字的可能。

「以三星堆宏偉的建設規模，鑄造和製作銅器工序之複雜，涉及龐大的工作團隊，其中又必有精細的分工，如何管理和溝通？不用文字是不太可能。三星堆應該留有文字，只是還未找到。」陳Sir用社會的邏輯作出合理的推論。

文字會寫在絲綢上嗎？專家意見是三千年前殷墟發現刻在甲骨之上的文字，商周時代記錄當年大事的青銅器刻有銘文，三星堆與殷墟年代相若，可是三星青銅器不見有文字，故有可能是書寫習慣不同，文字寫在絲綢上。

絲綢與黃帝時代有著密切的關係，黃帝的嫘祖最早發明絲織品，古籍流傳，嫘祖就是蜀人。總的而言，從神話到絲綢，我更加自信中國上下五千年的輝煌歷史。

三星堆考古發掘和研究取得巨大成就。不過，由於遺址規模很大，發掘面積還是太少，我們所能看見的只是很少一部分，還有更多待解之謎。不過，到此為止，從黃帝時代到夏王朝，再到古蜀國文明的發現，中華上下五千年的敘事足可成立，不過，西方學者對中華文明還是提出他們的質疑。

「我們是炎黃子孫，龍的傳人，中華文明是本土起源，中國歷史文化是多元一體化的過程。」

「是的，我認為武斷把沒有文字就不是歷史的學術推論有需要修正，中華大地有太多豐富和神秘的文物有待發挖出土，這是一筆龐大的文明遺產。」

第七課

中華文明從未中斷

歷史愈長久就愈具備優勢？這是一個常見問題。不同文明和文化各有盛放異彩之處，我們需解釋清楚。

電腦小助教整理一段重要的對話。

特朗普：「中國的歷史可以追溯到 5000 年前或者更早，所以你們有 5000 年的歷史？」

習近平：「有文字的（歷史）是 3000 年。」

特朗普：「我想最古老的文化是埃及文化，有 8000 年歷史。」

習近平：「對，埃及更古老一些。但是文化沒有斷過流的，始終傳承下來的只有中國。」

特朗普：「所以這就是你們原來的文化？」

習近平：「對，我們這些人也是原來的人。黑頭髮、黃皮膚，傳承下來，我們叫龍的傳人。」

特朗普：「這太棒了！」

——國家主席習近平同美國特朗普總統 2017 年 11 月 8 日參觀故宮時的對話

漢字：民族的靈魂

文字不是中國最早發明，人類第一座城市也不是在中國出現，即使最新考古證實中華文明由黃帝時代開始，中國上下五千年也不及中亞和埃及的文明久遠。

世界上最古老的四大文字系統是蘇美爾楔形文字、埃及象形文字（聖體書）、漢字和瑪雅文字。蘇美爾出於被稱為「文明搖籃」的米索不大美亞兩河流域，大約六千年前創造出了楔形文字。埃及的象形文字五千五百年。

書寫文字人類最偉大，也是最難的發明之一，猿人首先用口語來表達，很原始，不過足以配合一萬年前的新石器時代，一般最多三幾百人聚居的生活使用。當進化到有規模的城市化階段，即文明開始出現，就需要更龐複的信息傳遞方式，隨著人類智慧的發達，終於有了文字書寫的發明，這個突破比起今天的人工智能更厲害。

中國考古歷史溯源工作目前日趨成熟，最大發現是一八九九年甲骨文在河南安陽市小屯村被發現，後來陸繼發現殷墟遺址，確認中國文字歷史三千年。

源於米索不大美亞（兩河文明，即中東的幼發拉底河和底格里斯河）、埃及（尼羅河文明）文字最早發展起來的，稍晚的時候，中華大地也孕育出不同的文明，大量甲骨文出土，學術界認同中國的書寫文字是獨立發明。我們的文字比起其他文明更有生命力，文明得以五千年承傳不絕。

甲骨文比兩河文明、尼羅河文明晚二千年，不過，甲骨文至今承傳演化三千年都沒有中斷。甲骨文形體歷年來形體變化，首先是刻在青銅器上的鐘鼎文，流行於商、周、秦，然後大篆、小篆見諸於秦，再到漢朝的隸書、唐朝的楷書，然後，今天我們使用的繁簡體，都是一脈相傳。

文字與法治的關係

春秋戰國時代，中國文字經過商周朝代的千年發展，諸侯各國有自己一套，形成「文字異形」現象。秦朝統一後，下令整理全國文字，規定以秦小篆為統一書體，「罷其不與秦文合者」，史稱「書同文」。小篆比以前的大篆和六國文字更加簡單，更容易書寫和辨認，有利於政令通達全國和文化傳播。

嬴教授表示：「後世對朕很有意見，說這個秦始皇太嚴厲啦，其實秦是講求法治精神的先驅國家，簡化文字普及識字，目的是為了讓法律和政令有交通達全國。」

法學家韓非在《五蠹》談法治：「明主之國，無書簡之文，以法為教；無先王之語，以吏為師」。意思即是國家來統一思想，學習法律制度。秦強調以法治國，開創了新局面，同時引起不同集團反對，包括各派知識分子，結果觸發了重大矛盾。

甲骨文演化成為今天我們使用的漢字，那麼甲骨文現況怎麼了？百度資料顯示，「截至二零一二年，發現有大約十五萬片甲骨，四千五百多個單字。」

這些甲骨文所記載的內容極為豐富，涉及到商代社會生活的諸多方面，不僅包括政治、軍事、文化、社會習俗等內容，而且涉及天文、曆法、醫藥等科學技術。甲骨文已識別的約二千五百個單字來看，有關甲骨文的研究還在繼續。

神奇的半徑和大圓

漢字中文流傳不絕，其他民族進入了中原，也被納入中華文化的大圓，這是中國五千年不中斷的原因。

詩人余光中比喻：「中華文化是個大圓，每個人都在圓中間，中文是其『半徑』，半徑有多長，圓才能畫多大；半徑一旦崩潰，便不能成圓了。」中國文字與民族興替存亡悠關。

語言等同其民族，重要性不言可喻，語言黏不住，文化向心力鬆懈，這個民族就要疏離了。

中國歷史五千年是未曾中斷過嗎？「五代十國很混亂，元朝和滿清更加是外族入主中原當皇帝……。」同學們相繼舉手發問，氣氛熱烈起來。

中國文字三千年沒有中斷使用，承傳中華文明，讓中華民族不斷壯大和融合。

文化也是萬里長城

嬴政教授需要請電腦小助教綜合分析，他的時代外族被拒於中原之外，不能入侵，「朕目睹的當代，對外關係，講武功要比文字更重要。所以朕派蒙恬將軍率三十萬大軍征伐匈奴，從此十餘年無人敢挑戰我們。」

中國古代遭遇過多少次周邊民族的入侵，例如來自蒙古的成吉思汗，其後人在中原建立元朝，還有關外的女真人滅亡了明朝，建立滿清這個統一的王朝代，為什麼說我們的文明就沒有中斷呢？

答案便是在今天我們十四億中國人依然使用沿革三千年的中文。中間外族進入了中原，很快便成為漢字中文世界的成員，雖然蒙文、滿文在清朝都保留成為官方言語，但是後來的皇帝如康熙、雍正都使用漢字中文。

甲骨文在抖音上承傳

浙江師範大學古漢語研究生李右溪，新冠疫情還在艱難期間，她發佈一條「挑戰全網最冷門專業」的視頻，一夜爆紅，當上了「甲骨文老師」。

她介紹，中國古人造字十分細緻。「兩個字還原三千年前的車禍現場」這短視頻最經典。話說，商王武丁駕兩輪馬車追逐獵水牛時，馬受驚嚇碰上石頭而弄翻車。殷墟甲骨文上的「車」字，有兩個有趣的寫法：一個是車軸斷了，另一個是車翻了。兩個字，造形不同，但令人心領神會，高度還原了現車禍現場的情景。

另外，「鳥」跟「烏」兩個字差的一個點，但都是鳥。「烏」是特別造這個字來指烏鴉，古人認為烏鴉通體烏黑，黑眼睛和羽毛融為一體，有別於看到眼睛的其他鳥類。

中國文字是創新發明，離不開好奇心和觀察。

國家重視甲骨文研究，有人問李右溪，中國文字博物館曾是不是開出破解一個甲骨文的新字，可獲十萬元的獎懸賞？

李右溪表示：「挑戰一個字獎十萬元，是每一個學甲骨文人的夢想，但這很難。釋字需要嚴謹全面論證，至少需要一篇支撐論文。經過一百多年，容易考察的字基本都被考察了，剩下的字都太難了。所以到現在為止，只有一名學者得到了那十萬元。」

文明的要素不單是歷史和時間，我們更要關注的是，不同文明的獨特本質，中華文明全世界古往今來，沒有之一，是在於民族和歷史的不中斷。中華文明不中斷，可歸納出第一組密碼：蠶絲＋文字＋秦始皇。

養蠶螺絲，中國興起商品經濟，始終為世界貿易中心。這點容易了解。

至於文字和秦始皇的重要性，現代史學權威著作《全球通史》第七章〈中國文明〉這樣說：因為中國人統一了文字，它使操作各種極為不同的方言人能互相交流，與印度不同，那裡今天仍有十四種「民族語言」，英語是其中的一種……。在中國，與文化同一性一樣重要的是，各時期都存在着驚人的政治上的統一。

作者斯塔夫里阿諾斯又指出，中國文明很特別，沒有神權，皇帝也是祭司，政治變得不一樣。

秦始皇身兼祭司

嬴教授是「專業」的皇帝，所以很明白，他說：「皇帝是負責入世工作職責，祭司是主理出世的宗教事務，中國從來把關注民生放第一位，所以我們的文明基礎很穩健，不如其他文明出現教士與俗世、教會與國家之間的巨大分裂。」

電腦小助教表示，這正是《全球通史》作者的見解。

「廢棄諸國不同語言文字，被證實是一種非常有效且持久的統一的黏合劑。」與此同時，「以法家學說治國，廢除分封王國制度，將廣闊國土劃分為郡縣」，秦始皇被喻為中國策動第一次革命的領導人。

「好了，這位外國學者有稱讚之餘，對朕必有其他負評，不必逐一細數了。中國的現代化和革命，值得討論，朕要準備這個課題，多謝大家！」

第八課

中國法治二千年

秦始皇終生不忘武功，近代史學評之為「野蠻的統治者」，積極推行擴張，他統治了天下嗎？秦是不是最大的王國？

秦始皇建立的疆土，約佔今天中國領土三分之一，歷史上秦朝不是最大的王國，三甲不入；元朝排第一，清朝排第二，唐朝排第三。

「歷史記載，秦朝是次於明、漢、晉、隋，排第八位，不過，秦始皇開拓了中心地帶，即是人口最多、經濟最富庶，文化最深厚的地方，從此確立出中國版圖的輪廓。」電腦小助教提出以上觀點，嬴教授表示有補充。

「為什麼要花那麼大國力建立疆土，經過春秋戰國，中原的農業文明已經確立，這個文明圈之外半農半牧的民族，多數被吸納和同化，成為華夏的一員，不過，還有不受農業文明改變的遊牧民族，他們不是用商業貿易來換取所需，而是依靠武力來掠奪弱者的收成，所以朕統一六國之後，馬上便要主動出擊。」

後人對秦始皇有意見，當代人更加要用盡方法反抗他。

三次政治暗殺

「當年焚書坑儒一事，你如何解釋呢？」

贏教授說：「千秋評論，不如請電腦小助教搜羅古今中外的評論，綜合整理一個比較全面的解釋，這比朕自說自道更有啟發性。」

「說起來，從現代政治學的角度分析秦始皇的問題，比較有點新意。」政治是權力鬥爭，對手之間依據這個邏輯行事，不涉同情弱者也不必體諒強者的無情，當能更清晰事態之所然。

秦朝之強大，始見於戰國初即公元前三百六十一年，秦孝公招攬衛國名士商鞅為國家制度進行改革，二次變法的成功，使秦國成為當時的「現代化」國家，綜合力量大增，不過，既造就日後統一的基礎，也危及了眾多既得利益集團。

秦始皇一生至少遭遇三次政治暗殺，一次比一次驚險。

焚書是文化鬥爭

「最深印象是燕國派來的殺手荊軻，繼而是高漸離想用樂器近身擊殺朕，還有張良設計的博浪沙鐵錘事件，可想而知，政治不是請客吃飯也不是繡花作文章。」

關於千年爭論不絕的焚書坑儒，新的觀點是秦始皇對文字和文化的統一，令諸國的知識份子不滿，這一群也是利益集團，不易服從，最徹底方法是取締其「智慧財產」，於是有「焚書」之舉，但實用價值的書籍，如醫學、農業和卜筮可以保留，至於有頑抗者遭受刑責，是有《秦律》可依，秦花了幾百年建立一個法治國家，不會任憑喜好而被濫用。

當時有借採仙藥延長壽的詐騙份子被處以極刑，《史記》記載為「坑士」，即是術士，與儒生不是同一類。

「嬴教授可否現身說法？」

歷史 Q & A

為什麼中國與眾不同？答案在於中國文化這基石。中國人民大學歷史學院教授韓建業解釋：「距今八千年前，中國大部地區出現了秩序井然的社會和一定程度的社會分化，產生了較為先進複雜的思想觀念和知識系統，包括宇宙觀、倫理觀、歷史觀，以及天文、數學、符號、音樂知識等。這些思想觀念和知識系統傳承至今，構成中華文明的核心內涵。」

怎樣說好故事？講故事重點是情緒的營造，讓受眾依據他自身的經驗和認知，對故事進行自由自主的聯想，當他與你的觀點走到一起時，便會產生巨大的傳播功效，他不單相信你，還會義不容辭、義無反顧的用你的故事／敘事去說服其他人。如是者，故事威力便如龍捲風而起。

堅如磐石的法律

「關於後人種種描繪，難以一一批駁，朕統一六國之後多次在海內巡視，宣揚以法的治國原則，在七個地點，以刻石的方式把法律要義銘記於天下。」

秦始皇巡視泰山刻石提出：「治道運行，諸產得宜，皆有法式。」意思即是，為推動國家營運管理，讓社會經濟發展起來，現在有法律可循。

至於之罘刻石，文為「大聖作治，建定法度，顯著綱紀。外教諸侯，光施文惠，明以義理。」譯成白話：聖明的皇帝治理國家，以建立法律制度為先，使國家秩序更加清晰明確。推行文教予四方，讓全國上下都能通曉義理。

「同學們，明白有人稱朕為暴君，事關推行以法治為本、制度統一的現代化過程，節奏和速度猛烈，不過，朕難以接受稱朕為野蠻的統治者。」

李白說秦始皇

唐代詩人李白《古風》組詩的第三首《秦王掃六合》，以二十四句詩，全評價了秦始皇功過，描述至為經典。

秦王掃六合，虎視何雄哉！揮劍決浮雲，諸侯盡西來。
明斷自天啓，大略駕羣才。收兵鑄金人，函谷正東開。
銘功會稽嶺，騁望琅琊台。刑徒七十萬，起土驪山隈。
尚採不死藥，茫然使心哀。連弩射海魚，長鯨正崔嵬。
額鼻象五嶽，揚波噴雲雷。鬐鬣蔽青天，何由睹蓬萊？
徐氏載秦女，樓船幾時回？但見三泉下，金棺葬寒灰。

嬴教授說：「這首詩令我想起很多事呢，寫得真的不錯，難怪你們叫他詩仙。」

賞析《秦王掃六合》

「中原大局已定，便要收兵器，集中財富，建設金融，從此國家開放，太平盛世。」嬴教授解說詩中意思。

秦始皇把功績刻在會稽嶺（江蘇、浙江一帶，古稱吳國之地）的石頭上，騎著馬登上琅邪台（山東的觀海景點），傲視天下。這段史實說明統一偉業的成就。

「朕何以要動工建設規模龐大的陵墓，以及盼望長生不老？原因國家的大業和文明傳承的責任太重要了。」

派大海船入海，用弓箭射殺大的魚，清除周圍的妖怪⋯⋯。李白借這個猶如神話科幻的電影場景，諷刺秦始皇美夢成空，尋仙藥的三千童男女沒回來，驪山陵墓成為「千年一帝」的歸宿。

「是的，我可以穿越，但無法回去復生改變歷史，唯望科技更進步。」大家都笑了。

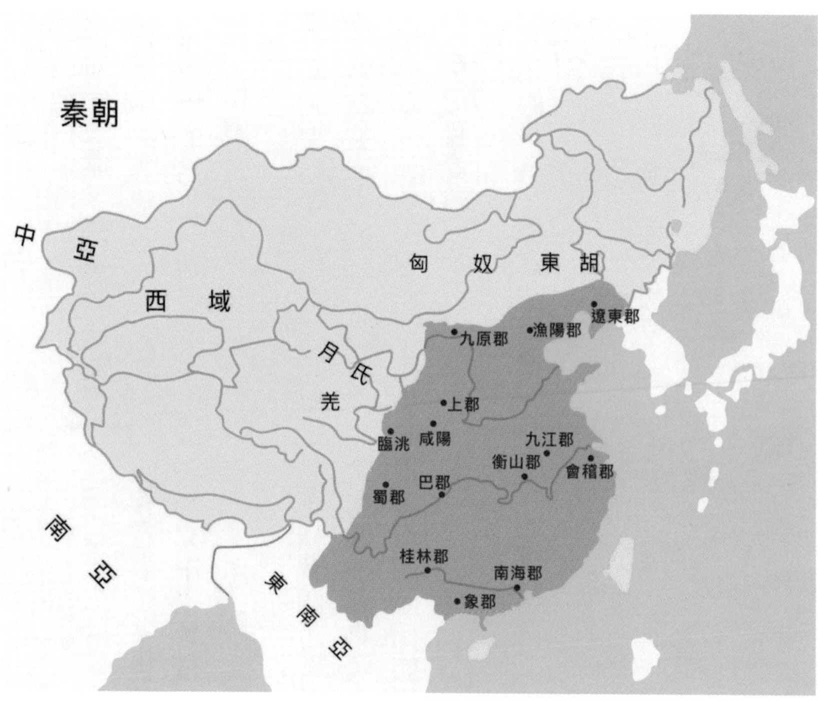
秦朝
中亞
西域
匈奴
東胡
月氏
羌
遼東郡
九原郡
漁陽郡
上郡
臨洮
咸陽
九江郡
衡山郡
會稽郡
巴郡
蜀郡
桂林郡
南海郡
象郡
南亞
東南亞

「秦朝統治雖然如此短命，卻給中國留下了深刻且持久的印記。中國已由分封制國家改變為中央集權制的帝國，並一直存在到二十世紀。」西方史學家稱秦始皇是專制的君主，不過，承認秦朝建立中央集權制度在一定程度上維護了統一，保護了文明的完整性。

在藝術和哲學方面，中國鼎盛的創作時期始於春秋戰國，逐漸向亞洲地區傳播，以儒家精神為主導，形成一個更大的文化圈。在物質文化，近代西方工業文明來自於歐洲，但古老的中國發明很多東西，比如紙張、火藥、指南針、絲綢、茶葉和瓷器。

沒有統一作為文化的基石，中華文明便沒有今天的輝煌。

不斷現代化是中國特色

秦始皇的中國現代化是偉大成就，不過，有人認為清朝沒有跟得上西方工業文明，遠因可溯源於秦漢。中國限於地理生態條件，二千年前選擇了小農經濟為立國之本。為應付北方遊牧民族的騎兵侵略，中原採取以糧為綱，以人力為本的守勢，這種拘於土地，依靠耕作屯兵之策，阻礙了中國向海洋擴張。

西方正好反其道而行之，展開大航海時代，並取得全球主導地位。大航海的殖民地擴張成果，讓歐洲大國取得工業革命的基礎，憑科學和科技力量向所披靡。

清朝不脫小農經濟，更沒有開放步伐進行工業化，事關涉及社會結構翻轉的大問題，工業革命的機械取代太多利益階層，清朝解決不了文明進步問題，結果被革命解決了。

天行健的君子之道

為什麼歷史的朝代總有興衰更迭，建不成一個永續的王朝，二千年也沒有一個君主可以成功，這是什麼定律？

「大爆炸後，宇宙釋出物質和能量，從此運行不息，一百年前科學家發現宇宙不是靜止，而是不斷膨脹，速度還不斷增加。」陳Ｓｉｒ代嬴教授回答，並指出這個宇宙規律，與《易經》「天行健，君子以自強不息」的意念吻合——天體運行，周而復始，剛健有力——君子應效法於天，以剛毅圖強，永不停息。

時代各種因素都在變化，沒不動而靜止的體制，沒有創新的活動，沒有外增的能量，便會令這個系統走向混亂和消耗，從無序走到死寂，這是物理的定律。

從歷史文明到宇宙，都需要創新成長，不斷注入維持生命力的能量。

龍的傳人始終保持動力，主動探求如何適應未來新環境，今天我們稱之為現代化，三皇五帝的現代化是建立城邦，開拓農業和蠶絲經濟，中原文明更鞏固；夏朝注重水利，同時建立階級統治的權威王朝；商分封諸侯，周朝正式確立封建制度，綜合國力提升，疆土擴大，前衛的文化思想百花齊放。及至春秋戰國，諸侯和自為政，時代無序混亂，秦始皇及時而出，建立國家模式的中央集體和地方行政，為中國建立千年的穩固基石。

新冠大流行三年，我們做到盡救，疫情艱難也阻不了登月計劃的進行，目標依然是二零三零年之前，中國實現載人登陸月球。以上宏大的事業必須合力完成，足證中華文明依然年輕強健。

第九課

氣候改寫歷史，中國改善氣候

中華文明五千經歷三次危機三次機遇，皆由氣候大規模變化造成。大家關注環境愛護地球，為世界和平努力！

神奇的竺可楨曲線

中國上下五千年的文明其實受到一個自然規律的影響，一直以來都是無形的存在，上世紀二十年代，氣象學家竺可楨自哈佛大學回國之後，開始揭開這個文明之謎。前後花了五十年時間，發表《中國近五千年來氣候變遷的初步研究》論文，提出「竺可楨曲線」概念。

五千年氣候波動的曲線，結合在歷史的盛衰走勢，發現出一個奇妙的規律出來，簡言之，中國文化和文明隨著這個曲線而變化。

當中國地方變得很冷的時候，饑荒、乾旱、水災等頻繁發生，為改朝換代的活躍期。五千年榮枯概括為：三個溫暖期文明高速發展：夏、春秋戰國、秦和唐，氣溫上升，漢族人向北發展。

三個變冷期：周朝滅亡、三國兩晉、北宋滅亡元朝建立，氣溫下降，少數民族向南發展。

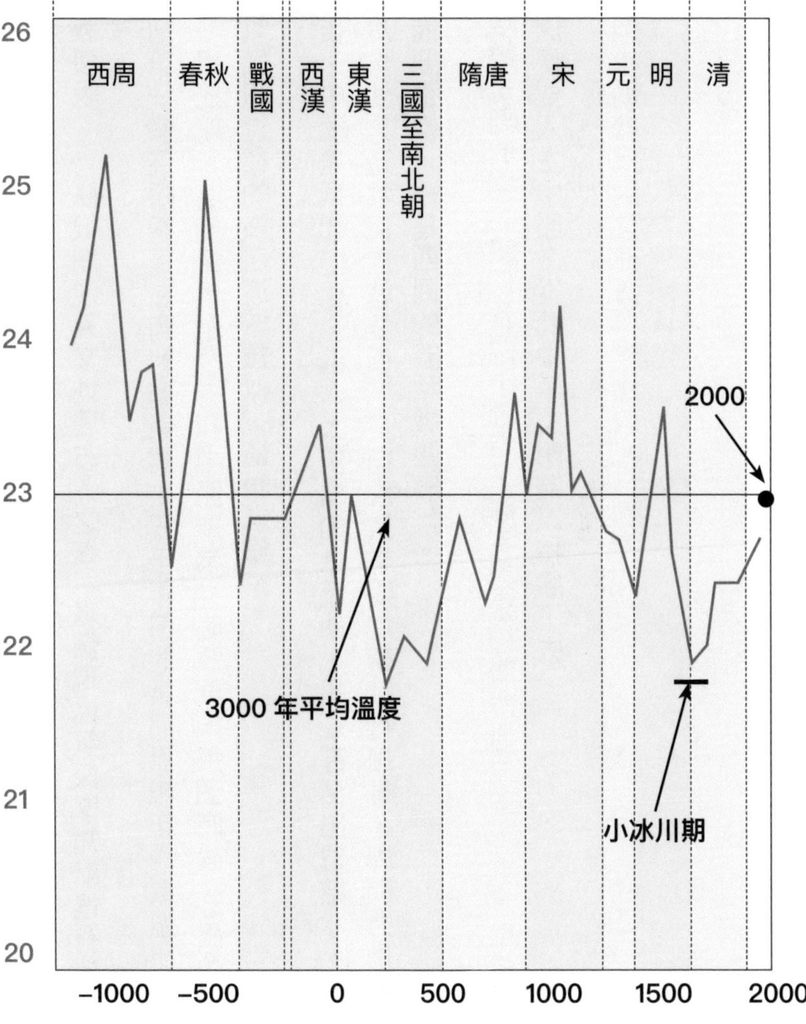
26
25
24
23
22
21
20
西周
春秋
戰國
西漢
東漢
三國至南北朝
隋唐
宋
元
明
清
2000
3000 年平均溫度
小冰川期
–1000
–500
0
500
1000
1500
2000

嬴教授說：「朕很關注天文地理占卜之術，這個現代氣象學知識很有趣。」

中國第一個溫暖期是在商朝到東周，三千年前的黃河流域年均氣溫比現在高三攝氏度。這個氣候環境有利中原農業文明發展。那個時候，黃河流域的氣候和現在的長江流域類似，植物常綠。

之後，中國氣候起變化，進入大規模的低溫期，長江甚至出現結冰。天氣一冷，北方遊牧民族就要南下，向農業文明地帶進行掠奪，周朝力量被削弱而要遷都，這是西周的春秋戰國時代。

「理論是對的啊，諸侯各國不團結，朕不尋求經濟政治改革，統一以強國，外族便要入主中原，從此中華文明難以持續下去。」

電腦小助教找到其他資料作比較。

中華文明沒有「作古」

大家可知道，歷史出現多個文明古國，中國與古埃及、古印度、古巴比倫被稱為四大文明古國，原因是四大文明為人類留下最具代表性的寶貴科技和文化遺產。這四大文明古國中，只有中國沒有加上一個「古」字，這是因為只有中國的文明得以延續。

中國氣候變化的三個危機與機遇，說明五千年中華文明有很多挑戰，古埃及、古印度、古巴比倫，分別擁有尼羅河流域、印度河流域、兩河流域之地，這是最早誕生人類文明的地方，原因是氣候環境和土地條件都很優質，不過，古印度和古埃及一樣，和如今的印度、埃及完全不是同一個國家，主要的原因都是內部分裂和外族入侵，其實問題跟我們相若。

看看它們走過的路。

兩河流域的蘇美爾楔形文字使用 3500 年，但在差不多 2000 年前便成絕版不再使用，埃及自公元 639 年被阿拉伯帝國統治之後，象形文字式微，不再相傳發展。

古巴比倫文明同樣跟中國一樣重視法律，著名的《漢謨拉比法典》是為歷史的經典模範，然而，這個古國依舊沒有逃出滅亡的命運。

古埃及歷史始於 8000 年前，比起中國早很多，也是經拿來比較的一個文明指標，不過，與印度抵不過外族入侵，而且不止一次。

埃及

埃及始於 8000 年文明，經過不到 3000 年的統治之後，先被波斯、馬其頓、羅馬等帝國征服，儘管此時古埃水準很高，文化、宗教等傳統保持，但到了公元 600 年代，阿拉伯帝國興起，併吞了埃及之後，由於阿拉伯的文明更先進，原本的埃及文明便被取代，今天再不是原來的埃及，而成為一個阿拉伯國家。

巴比倫

「亞蘭人」是遊牧民族，興起之後稱霸美索不大米亞地區，消滅了蘇美爾王朝，建立首都大城市名巴比倫，不過，由於兩河農業被過度開墾而出現破壞，經濟衰落，經過不同的外族入侵及統治，最終 1300 年前左右成為阿拉伯的一部分，其文化、文字再沒有承傳，巴比倫成為一個消失了文明。

印度

印度文明建於公元前 2300 年左右，上世紀 20 年代大量玉石、銅器、文字圖形的出土，不過，印度在公元前 1500–1700 年，被雅利安入侵佔領，印度最遠古的文明被徹底清洗。

瑪雅

最後一提美洲的瑪雅文明，發源於 3000 年前，科技先進，天文地理知識達到「外星人」的水平，不過，走到我們宋朝時期，即 1000 多年前衰落，偉大的王朝建築棄於荒廢叢林之中。

羅馬

羅馬帝國比四大文明古國晚了 3000 年。羅馬以希臘文明為基礎，希臘文明則沿自兩河流域與埃及，羅馬再強盛只被列為繼承者，不列入四大文明古國的行列。

秦始皇也關心氣候

秦始皇時代是中國第二個溫暖期，從春秋戰國一直到秦漢，造就中國文明一個鼎盛時期。緊接著是第二次變冷期，就是魏晉南北朝。當時平均氣溫比現在低二至四攝氏度。歷史記載當時北方人民大量南遷，原因很多也很複雜，氣候是其中一個因素。

第三次溫暖期是新的盛世，古都長安所在的關中平原，森林茂密，物產富饒；優良氣候奠定經濟基礎，唐朝國力大增，文治武功顯赫。第三次寒冷期在宋元之間。明清以後，氣候依然波動，但沒有之前面明顯。

「氣候迫使外族挺而走險，天下不太平，侵害內部凝聚力，中原分裂不是百花齊放，而是歷史的黑暗期。」嬴教授表示：「五千年彈指一過，今天你們也必須面對氣候問題，小心留神，積極走出第一步。」

二百年來，西方工業化文明帶來煤炭與石油的耗能發展，時至今天，地球愈來愈暖，不過，氣候溫度上升不再對環境有利而是有害，所以需要提出清潔新能源改革，減炭排放的效率才是持續發展的新階段。假如未來保持不到綠色標準，污染不受控制，危及生活條件、糧食安全、自然災害頻生的話，人類歷史將又要進入一個混亂而艱難的時期。

嬴教授關心中國現時的情況如何，他說：「朕雖來自秦朝，不過，已經體會到，誰能做好氣候環境工作，誰就是新時代的贏家。這比起二千年的爭霸模式不一樣了。」

電腦小助教演示全球環保最新消息：全球各國達成氣候共識《巴黎協定》，並於二零一六年生效。

巴黎協定

現時地球氣溫已比 19 世紀的工業革命前水平高出 1.1 至 1.2 度 。根據目前推算，時間十分迫切， 而且進程並不樂觀。目前地球嚴重暖化，2011 年到 2020 年全球平均升溫已達 1.1° C。

若維持現在的排放率，到 2100 年全球溫度將升高 2.5° C，遠高於協定設立的目標。各國需要更加努力，不然的話，嚴重的災難會因此頻生。

《巴黎協定》目標訂明，把全球平均氣溫升幅控制在低於工業化之前 2° C 之內， 1.5° C 是必須守住的防線，一旦超越升溫 1.5 度「臨界點」，熱浪、暴雨、旱災等極端天氣事件的頻率將會大增。

巴黎協定內容及重點包括：保護原始森林等碳匯、提升氣候變化適應及復原能力、加強對不同的環境和經濟弱勢的國家，提供資金與協助技術開發。

中華文明歷來崇尚天人合一，追求人與自然和諧共處，承先啟後，開創新未來。國家將生態文明理念和建設，寫入憲法，以環境優先、綠色低碳為發展道路，改變工業化的西方文明的模式。二零二一年中國宣佈全力爭取實現「雙碳」目標，承諾體現大國擔當。

電腦小助教補充：「雙碳」是一、二零三零年實現碳達峰，即是在這一年開始不再增加二氧化碳排放，走出新能源經濟；二、二零六零年實現碳中和，通過植樹造林、節能減排等形式，以消自身產生的排放，實現互相抵消的「零排放」的水準。

國家全力推進「美麗中國」建設，目標是加快消除污染，守好美麗藍天，同時牢固樹立和實踐綠水青山就是金山銀山——自然生態、綠色環境等於財富——的理念。

美麗中國糧食足

環境是財富，也代表豐衣足食，糧食安全。

中國面積九百六十萬平方公里，能夠種植糧食的土地並不多，中國可耕地面積佔世界一成，人口卻是世界第二大，達十四億人，即全球總人口的兩成，因此需要通過保護，以及不斷擴大其森林面積來保護農業生產，以確保糧食安全。

近年中國城市化和工業化快速發展，在廣設工業區和建築住宅的熱潮下，政府要將耕地保有量保持在一億二千萬公頃以上。

保護、維護和擴大森林是緊急任務。上世紀九十年代，中國非常乾旱，森林面積僅佔國土面積的百分之十四。經過大量投資和工程建設，二零二零年中國的森林增加百分之二十以上。

「很好，大家知多一點中國新文明，下一堂繼續。」

第十課 遊覽世界古今文明

贏教授微服出巡，逛書店找幾本現代著作，看看中外名家如何評論中華新文明，分析世界文明新走向。

之前的課堂引用中外學者對中國文化歷史的看法，嬴教授希望今次來到他的二千年後，了解不同的中國觀和世界觀，於是跟陳Sir和幾位同學逛書店。

「看來朕身穿秦朝打扮也與現代沒有什麼違和感，大家都沒有過來圍觀啊！」同學說：「時興中國漢裝時尚潮服，路人還不過以為你是來擺拍或直播帶貨的網紅呢。」嬴教授只是點頭，不知他明白不明白。

陳Sir首先去找幾本經典的必看好書，時間關係，精選幾本書：

《中國近代史》（1938），作者：蔣廷黻（中國）
《文明衝突》（1996），作者：亨廷頓 （美國）
《大棋盤》（1997），作者：布熱津斯基（美國）
《世界通史》（1998），作者：斯塔夫里阿諾斯（美國）
《當中國統治世界》（2009），作者：馬丁雅克（英國）

如果沒有中華五千年文明，
哪裡有什麼中國特色？
如果不是中國特色，
哪有我們今天這麼成功的
中國特色社會主義道路？

「社會主義這個名詞，找一堂課專門介紹。」陳Sir說：「這段話是習近平於二零二一年說的，中國現在有幾成功，看這段新聞便了解。」二零二三年中國抗疫成功，匈牙利總理歐爾班在歐洲作出評論。

「中國用短短三十年就經歷了西方用二百年才完成的工業革命，如今在汽車製造業、電腦、半導體、醫藥、資訊科技等戰略方面，中國都已經或者正在超越美國，成為名副其實的製造強國。」

「讓我們記住，中國的崛起與美國不同。美國已經崛起，而中國是五千年文明的回歸。」

美國相當於二千年前的秦國，方方面面超前領先，過去幾十年，全球經濟科技文化的標準，基本上由美國所制定。

「明白了，我想看《當中國統治世界》，怎會連美國都要被統治？」

中國特色新文明

這本書全名《當中國統治世界：中國的崛起和西方世界的衰落》，原文用的「rules」，可翻譯為「制定秩序」，說「統治」或許令你想起秦始皇，其實這位英國學者寫書時，中國實力與美國還是差很遠，不過，他從中國的表現和潛力看出，中國將有能有「統治」世界，而中國一定會用只會用自己的模式，絕對不會被西化，因為中國有著自己不可替代的文化，中華文明有著自己的特殊性。

作者的預判現在全部正確，中國成功走出自己的成功道路，不是西方模式。

「朕想知，中華五千年文明有什麼特色、怎樣塑造出中國式現代化，以及今天的中華新文明。」很好，正是這本書的主題。

當中國統治世界？

「嬴教授，雅克先生是你的『粉絲』，書中第三章提到，耶穌誕生前數年，中國就已經出現了現代的雛型：中國第一個皇帝秦始皇的勝利，標誌着戰國時期的結束和秦朝的開始。他還表揚你建造了六千四百多公里的交通官道，這是可以與羅馬帝國相媲美的一大豐功偉績。」

耶穌和羅馬帝國在西方，代表宗教與世俗最高地位的象徵。秦始皇與之相提並論，不簡單。

嬴教授翻到〈當中國統治世界〉這個主題章節，得悉二零零五年，中國的古老防禦象徵——長城吸引的遊客數量已經超過歐洲文藝復興的發源地佛羅倫斯。

迄今為止，世界歷史本質上是西方史，西方盛世的科學技術文化就是在佛羅倫斯起飛。

西方希望有秦始皇

雅克通過與西方的比較，指出中華五千年文明的特色在哪。

「歐洲隨着羅馬帝國的滅亡而分崩離析、最後分裂成許多國家，而在此之前，中國已朝着完全相反的方向前進，開始合併為整體。正是這種統一確保了其文明的連續性，並為中國的特性和影響提供了最基本的領土規模。在中國歷史上，統一這個主題即使不是最根本的，也是貫穿始終的。」

雅克進一步，預言中國將扮演「統治」角色。中國故事與歐洲故事大相徑庭：中國的思想統一而非分裂，中國是文明國家而非民族國家。

「看來，歐洲大致還在春秋戰國。」

「明白為什麼部分西方人士那麼崇拜朕，他們心目中其實都希望會出現一個西方的秦始皇。」

羅馬是這樣建成的

《大棋盤》這本由美國外交戰略家布熱津斯基寫的書，第一章就談到中外古今不同帝國。

「羅馬帝國並不算當時獨一無二的帝國。羅馬與中華帝國幾乎同時興起，只是彼此不知有另一帝國的存在罷了。」嬴教授說。「二千年前，即使兩國有接觸，也沒有發達的交通和傳播工具，能深入認識對方吧。」

羅馬帝國的文化特色是：「羅馬的帝國力量源自於一個重要的心理因素。『我是羅馬公民』是最高的自我界定，是驕傲的起源，也是許多人朝思暮想的期盼。」

同學說：「歷史教科書指秦始皇很偉大，不過說你在二千年前太過壓迫人民，加上嚴刑峻罰，好像未聽聞秦國人以秦國人為驕傲。」

此言差矣！請繼續看作者怎樣分析羅馬帝國。

羅馬公民的力量

「公民」源於民主制度發源地希臘，背後是奴隸社會，希臘以血源來劃分「公民」，羅馬帝國承傳古希臘文化，但作出了修改。

布熱津斯基寫道：「即使不生在羅馬的人也可賜予公民地位，羅馬公民地位崇高代表著文化高人一等，也符合帝國力量的使命感。它不僅合法統治羅馬的統治，也誘導受到羅馬統治的人希望融和、納入帝國架構。」

「朕是專業的皇帝。」大家笑了。「羅馬公民是開放社會上流的獎勵制度，秦朝法治完整，制定了二十級軍功爵位制，獎勵軍事表現出色的人，藉此提高軍隊戰鬥力，同時也是調整當時社會關係的途徑之一。」

注意啊，秦朝成立之後，正式結束夏朝以來逾一千八百年的奴隸制度，以後當政者無不以民為本。

電腦小助教在課堂上引述過《世界通史》，全書有上下冊，這位美國史學家斯塔夫里阿諾斯，從史前人類寫到上世紀後半葉第二次工業革命為止，八編共四十四章，一九九八年最後第七版，翻譯多國文字，發行逾二千五百萬冊，影響各地幾代學生的歷史觀、世界觀。

最後一章，談到中國高速發展工業化，當時以煤碳為能源，碳排放量幾十年之間升到世界第二位。「不過，又是幾十年之間，中國實行『雙碳』政策，率成先為全球的減碳排放的先鋒，成績很好啊。」嬴教授很欣慰。

西方工業革命引來生態問題，挪威前首相布倫特蘭說，「窮國」永遠不能成為富國了，因為地球負擔不起！如果按西方發達國家的構想，他們工業化成功了，其他國家為了地球請不要來啦！

錯了，中國改變了這個狹窄的世界觀。

歷史 Q & A

西方文明最大特色是偏差。「世界文明概念是西方文明的獨特產物。19 世紀，『白人的負擔』這種概念，使西方得以在政治經濟上理直氣壯的延伸對非西方社會的控制。」

——《文明衝突》

「白人的負擔」是西方通俗的世界觀，意即西方文明崛起，對於落後國家負有指導及援助之責任，不過，自上世紀 50 年代起，西方的建樹有限。發展中國家現在期望中國提出的「一帶一路」，能夠實現全球共同富裕的目標。

一帶一路是「絲綢之路經濟帶」和「21 世紀海上絲綢之路」的簡稱。絲綢之路始於秦漢，中華文明特色之一。

西化不等於現代化

美國學者亨廷頓一九九六年寫成的《文明衝突》，時隔三十年，大家感覺中華文明來了，如英國學者馬丁雅克。現在很多人在問：什麼是文明？如何定義世界文明、現代化和西化？

原來一直以來，世界文明的概念是西方的獨特產物，作者指出這是錯的，不過，歐美仍然推動「現代文明是西方文明」、「西化即現代化」的願景，以圖繼續影響世界。

中國以中華文明特色開創中國特式的現代化，如是者，與世界文明自居的西方出現衝突，是可以想像的。

作者最後寄語：「簡言之，在未來的時代中，核心國家需要戒急用忍，避免重大的跨文明戰爭。」推動多元文明、多極世界是為和平第一要務。

黎明前是最黑暗

《中國近代史》作者蔣廷黻是歷史學家和外交家，書成於中國抗日危急之秋的一九三八年。當時的政府遷去重慶，被敵軍飛機日夜轟炸。在這背景之下，作者在序言中問：「近百年的中華民族根本只有一個問題，那就是中國人能近代化嗎？能趕上西洋人嗎？能運用科學和機械嗎？」

此時離「今天我們那麼成功的中國式現代化」八十多年，當時比起任何主要國家的現代化，中國都要落後。不過，中華文明總是光明的。

一、中華民族本質不下於任何人；二、中國物質比不上美蘇，但有一定水平；三、秦始皇廢分封、行郡縣及漢唐兩朝的偉大帝國，足證我民族有政治天才。

這一次逛書店很有收穫，贏教授說要講一課中國現代化，一覽古今經驗。

第十一課

秦始皇看中國式現代化

踏入千禧新世紀，中國步入現代化國家之列，我們的現代化是中國式不是西方式，是經過摸索實踐，成功史無前例。

全球現代化國家現有二十個：

美國、德國、日本、英國、法國、加拿大、丹麥、瑞典、瑞士、荷蘭、奧地利、比利時、挪威、芬蘭、愛爾蘭、新加坡、澳洲、韓國、以色列、紐西蘭。

中國大約從一八四零年開始進行現代化探索，比西方先行國家晚了約一百年。中國現代化經歷三個重要的摸索階段：清末的洋務運動，以西方工業革命為師；民國時期吸收歐洲、蘇聯和美國等先進國經驗；新中國成立的五十年代，主要由蘇聯指導及支援建設工業經濟。

中國後來自主獨立，六十年代提出工業、農業、國防、科學技術的「四個現代化」。

八十年代，鄧小平提出內涵更廣的「中國式現代化」。到了今天，正式確立這個由我們走出來的現代化，內裡的五個中國特色。

人口規模巨大的現代化

全體人民共同富裕的現代化

物質文明和精神文明相協調的現代化

人與自然和諧共生的現代化

走和平發展道路的現代化

人多資源少 必須團結

中國人口規模十四億，佔世界總人口的五分之一。發達國家的人口不過十億。

困難之處更在於人口分布不均勻，東部和東南部密集，西部和西北部稀少。中國人均佔有耕地、水源及礦產遠低於世界水平。人均耕地面積不到平均水平二分一，人均水資源量約為平均的四分一。

天然資源與平均財富不是充足富裕。吃飯、就業、教育、醫療、住房、養老、托兒等等，不容易供養。

贏教授以古典的眼光看今天中國：「朕充份了解，你們的現代化艱難復雜，前所未有。走的路前所未有。」

人口太大資源太少，甚至面對外邊的諸多壓力，無無論如何，二千年後的中國也必須走「大一統」這個特色的路，同時強調各民族的向心團體，方可成事。

共同富裕是中華思想

秦朝有沒有共同富裕概念的呢？「當代有識之士都在設想如何更好的治世，讓百姓生活更好，諸子百家不同學派提出不同的設想，主要是不希望出現貧富不均。」

電腦小助教引述《荀子．富國》：「下貧則上貧，下富則上富」，老百姓貧窮則國家貧窮，老百姓富裕了國家自然就富足。統治者必須以民為本，注重民生，促進社會經濟繁榮，才能實現長久治安。「朕的一位很有才能的臣子李斯，正是荀子的學生。」

全體人民共同富裕是中國式現代化不同於西方現代化的根本區別。中國式現代化以人民為中心，西方現代化以資本為中心。美麗的中國是實現「人民更多獲得感、幸福感、安全感」為目標。

物質文明和精神文明相協調

「既要物質富足、也要精神富有，是中國式現代化的崇高追求。」

管仲是春秋五霸齊桓公的宰相，他的名言「倉廩實而知禮節，衣食足而知榮辱」傳誦至今，是為古代思想家推崇物質與精神協同發展的進步言論，與孔子的「不義而富且貴，於我如浮雲」一脈相承。

國家必須先富強起來，當人民生活富裕，庫房充盈，文化禮儀就能得到發揚，政令才能暢通無阻。管仲抓住這個治國原理，經過多年的治理，齊國很快強盛起來，成為春秋第一霸。

現代史學家認為二千年統一文字是普及知識的一大步，政令通行，民眾知法律，經濟活躍，鞏固了國家安全，打好了中華文化雄厚根基。

歷史 Q & A

現代化需要平衡發展，不能只是追求財富的積累。19 世紀歐洲流傳這個觀察：「只要有 10% 的利潤，就會有人去做；20% 利潤，大家爭起來；50% 利潤，不惜挺而走險；100% 利潤，可不顧法律；300% 利潤，那怕是死刑。」

最早達成工業現代化的西方國家，日漸陷入困境，原因是社會發展由利潤推動，貪婪的本性不受遏止，物質勝過精神理想，大家不免回到人類初始之問：「我是誰？」「生存的意義在哪？」

不過，如果只注重精神文明，不重視物質文明，如經濟科技民生，社會發展就沒有充足的基礎。所以，我們必須突出「平衡」這個關鍵。

世界共同富裕

人與自然和諧共生的現代化。尊重自然、順應自然、保護自然，促進人與自然和諧共生，是中國式現代化的鮮明特點。

「中華文明崇尚天人合一，追求人與自然和諧共處」之道。美國史學家斯塔夫里阿諾斯在《世界通史》指出近代西方國家對自然資源肆意消耗，造成幾乎不可彌補的生態破壞。

西方富起來，但留下一筆環境污染的債，由「窮國」一起承擔，如何清還這龐大的債務？難道窮國都不要發展了嗎？中國以科技智慧修改西方過時失效的現代化，走出綠色自然為新增長動力的經濟模式，回應了時代的需求，從而建立世界新文明之路。

「中國要讓世界實現共同富裕，而不只是西方富裕。」

歷史 Q & A

中國文化擁有綠色基因，今天我們主張承傳「天人合一」的傳統思想，這個思想便是人與自然的和諧共生。

「大自然孕育撫養了人類，人類應該以自然為根，尊重自然、順應自然、保護自然。」中國現代化同步推動了物質與生態文明建設，追求生活富裕、生產效績、消費暢旺的同時，適當而合理減低資源環境的壓力。

中國人是把「天」與「人」和合起來看，離開「人生」，也就無從來講「天命」。離開「天命」，也就無從來講「人生」。簡言之，不顧環境的消耗，結果只會禍害到自己身上，而不是更幸福，中國明白這道理，超過二千年。

堅持和平發展，在堅定維護世界和平與發展中謀求自身發展，又以自身發展更好維護世界和平與發展，推動構建人類命運共同體，是中國式現代化的突出特徵。

古典文明的終結

「中國能夠走出自然和諧，又能與各國分享利益，共創經濟繁榮，應該可以避免兵災之爭，不過，朕看過《世界通史》第八章〈古典文明的終結〉，我對歷史有了審慎樂觀的看法。」

古典時期，偉大的希臘、羅馬、印度和中國文明，在歐亞核心區居統治地位，然而，邊遠地區的遊牧民族，最終踐踏了這些文明，並從根本上改變了世界歷史的進程。注意！不同世代都有「遊牧民族」，所以國家必須強大。

三分鐘說明社會主義

好了，朕想科普什麼中國特色社會主義，這學派不在諸子百家之列。但請不要超過三分鐘來說明啊！

馬克思學說很長篇，但他的追求很簡單：「早晨打獵，下午釣魚，晚上養牛，吃完晚飯後討論哲學。」為什麼這樣說？

十九世紀時代，工業革命帶來擁有投資及管理能力的資本家階層，他們是工廠老闆，一般人只能出賣勞力當工人賺生活。

資本家和工人的待遇是不對等的，工人愈做愈長時間，資本家愈賺愈多，如是者，工人收入不斷相對地減低，結果不能成為自己時間的主人，失去生活意義。

馬克思發覺，如果時代任由這樣發展的話，結果會導致貧富愈來愈懸殊，這是不可能持續發展的。

孔子遇見馬克思

國學大師郭沫若一九二五年寫的小品《馬克思進文廟》。話說，某天孔子在上海的文廟，遇到來自二千年後的馬克思。

馬克思倡議大家要成為變革的一份子，改變「贏家盡贏」的資本主義。他的想法稱為社會主義，——主張合理的社會分配，人人享有利益不受剝削。

馬克思對孔子說，我的理想的世界，是我們生存在這裡面，萬人要能和一人一樣自由平等地發展他們的才能，人人都各能盡力做事而不望報酬，人人都各能得生活的保障而無饑寒的憂慮，這就是「各盡所能，各取所需」的共產社會。

這樣的社會假如是實現了的時候，那豈不是在地上建築了一座天國嗎？——孔子拍手叫好！。

「超音速」的現代化

西方工業文明的崛起，學者認為是人類歷史上最了不起的事，還表示只有工業革命前的世界，與工業革命之後的世界之分，事關近三千年來，全世界每年人均收入基本沒有加減變化，社會生產力也一直限於一個水平。

二十一世紀，世界觀將要改變，如果按照中國用三十年完成西方二百年走過的路這描述的話，未來世界的進步必然再度加速，西方文明是「音速」的話，中國式現代化便是「超音速」的代名詞。

當然，速度並不代表絕對，重點是中國走自己的路而創下非凡的紀錄，必然改寫了世界的歷史觀和文明論。

「你們是幸運的，希望所有同學都不負時代所託。」

第十二課

中國現代化十個維度

中華文明五千年是一股力量，中國近十年把它發揮得淋漓盡致，而且創下多頭驕人紀錄，從太空到深海，從經濟到社會，每處都留下足跡，看得見，感覺得到。

嬴教授穿越行程將要結束，他問：「看書研究是需要的，不過，怎樣把中華文明五千年說得更加簡明易懂？」

電腦小助教說可以上網重溫二零零八年北京奧運會的開幕式。

新加坡國父李光耀當日在現場被感動了，回去跟他的國民說：「張藝謀和他的製作團隊，短短一小時，向全世界展示了中華文明五千年的成就，簡潔高效。」

這是八月的炎夏晚上，坐在北京鳥巢貴賓席的李光耀汗流浹背，不過，他張目向四周圍觀察其他外國政要對這個開幕式的反應，「這一刻，我知道，各國重要的人物已經明白，北京奧運會告訴全世界，中國興起勢不可擋！」

北京奧運開幕式

北京奧運開幕式要表達中華文明五千年的燦爛，四大發明因此貫穿其中。中國畫代表了中國文明的高端成就，呈現東方之美。孔子三千門徒吟誦《論語》，是重現中國古代教育形式。

文字是中國文化的核心，再加上活字印刷，令中華文明更顯光芒，導演巧妙利用大篆、小篆、楷書三種不同字體的「和」字，顯示了文明的演變，中國人「和為貴」的思想，表達了全世界人民對和諧世界的共同追求。

中國戲曲文化這部分，原來考慮用秦腔，現改為京劇和木偶表演。「絲綢之路」這個二千年中國主題，用上現代手法來展示，通過演員的組合，再現了中外文化交流。

嬴教授說：「秦腔是源於西周，也是朕的家鄉藝術。」

中西非凡十年建設

看過了中國傳統的科技與發明，我們看今天的現代化建設，「非凡十年，中國的十個維度」是一個很好的精華介紹。

嬴教援說：「後人歸納秦朝有十大科技成就，主要是基建為主：中國第一條『高速公路』秦直道，交通幹線的五尺道和馳道；靈渠、鄭國渠、都江堰，為人工河道與水利工程；長城是國防建設，至於兵馬俑、阿房宮是列入建築奇蹟，再加上秦兵的強弩湊成了十項，朕認為還可再研究的。」

秦國的青銅劍聞名當代，配合有如狙擊殺器的強弩，令秦軍戰鬥力驚人，也反映二千年前中國的治煉技術不比其他文明國家為差。

今天我們有什麼更超卓的成就？嬴教授說：「準備一開眼界，不枉穿越二千年之行。」

高不可攀的工程

世界最高峰珠穆朗瑪峰高 8848.86 米，第一位征服最高峰不是中國人，但中國的第一更有意思。2020 年 4 月， 40 位技術人員，用牦牛運輸隊，穿過冰川山路，運送 8 噸物資，完成在海拔 6500 米建設 5G 基站，先進的移動通訊服務首次覆蓋峰頂。

「這是了不起的工程，教授下次再來又有時間的話，不妨組隊上到珠峰之巔，你可以用智能手機自拍，即時鋪上社交媒體與世界各地的朋友分享。」

「好的，電腦小助教你幫朕開設社交平台帳號，有關費用由校方來支付。」

「這是舉手之勞。下次你再來時，我們將進入第六代移動通訊，即 6G 服務，這是太空衛星而不是地面基站了。」

中國通訊技術走在世界前列。

歷史Q&A

中國是科學技術革命先驅。3000年前甲骨文記載日食現象。2500年前的《考工記》記載先進的冶金工藝當代。2000年前的西漢，發明造紙術，蔡倫後來改進和提高了造紙技術，掀起資訊科技革命。

中國發明都是實用的。公元300年左右，中國發明瓷器，技術輾轉傳到中亞地區，至於500多年前經意大利以及整個歐洲。唐朝發明了火藥，並用於戰爭之中。宋朝航海技術促進國際貿易。

英國歷史學家李約瑟：中國科學技術水準，從3世紀到13世紀，均超過西方，中國是一個發明的國度。

中國的速度

中國刷新了高度還有速度。

「噢，二千年的進步太大了。」

中國將迎來時速六百公里高速磁浮交通系統，繼續引領世界鐵路技術的突破；此外，「九章」、「祖沖之號」問世，讓中國量子計算機實現算力全球領先。

「是嗎，那麼穿越時空更方便。」嬴教授最關心未來科技的。

高不可攀的工程

世界海拔最高的電氣化鐵路——拉林鐵路，穿行於雪域高原，最高海拔 3650 米

世界海拔最高的民用機場——四川稻城亞丁機場，海拔 4411 米

世界海拔最高的火車站——青藏鐵路唐古拉站，海拔 5068 米

世界海拔最高的光伏電站——西藏羊易光伏電站，海拔 4700 米

歷史 Q & A

歷史有曲折，無阻中國科技進步。在社會經濟及國際形勢都處於震盪和不確定性之下，國家依然取得一系列成就。

1966 年，中國核武導彈試行成功；1967 年，戰略武器氫彈面世；1970 年，「東方紅一號」人造地球衛星成功發射；70 年代初期，陳景潤完成了哥德巴赫猜想中的「1+2」，為解決數學難題，向前跨進一大步。

1949 年新中國成立，全國的科學技術人員僅 5 萬人。中國從「荒野」中重建。經過 60 年的發展，2010 年代的中國科技人才總數已超過 7000 萬。

中國的時空跨越

跨度，丈量著時間與空間，更記錄下新時代中國奮力前行的鏗鏘步伐。

從月球到火星

中國完成多項航天計劃，這是追夢太空的壯舉，「天問一號」經過近 300 天的飛行、4 億公里的奔赴，成功降落火星；「嫦娥四號」首次探月球背，距地球約 38 萬公里。中國的航天技術是自主研發，先進國家過去沒有將技術轉移到中國，不過，今天中國的空間站一枝獨秀，而我們則以開放態度與各國合作。

中國的現代跨海大橋真的教秦始皇開眼界，伶仃洋上，總長約 55 公里的港珠澳大橋宛若一條巨龍，一橋飛架三地。

中國的精度

空間站建設、登陸月球採集取土壤的遙控技術，要求極高精準度，同時，精密機械、半導體工藝也要達到納米級的苛刻要求（一納米即十億分之一米）。

此外，幫助九千多萬人的脫離貧困生活，需要前所未有的精準計劃，以及高效的組織才可以完成這龐大社會工程，當中也是需要「納米」般的微細精緻規劃。

中國的深度

2020 年，「奮鬥者」號載人潛水器在「地球第四極」馬里亞納海溝坐底，坐底深度 10909 米；2021 年，首個自營勘探開發的 1500 米深水大氣田「深海一號」投產，海洋油氣勘探邁向「超深水」……。

中國的力度

中國的科學科技力量雄厚無比。金沙江的白鶴灘水電站，那座拱形大壩承受 1650 萬噸的最大水推力。

海南文昌航天發射場，長征五號 B 運載火箭將中國空間站天和核心艙送入太空。這個被稱為「胖五」的我國近地軌道運載能力最大的火箭，起飛重量約 850 噸，近地軌道運載能力達到 25 噸級……。

中國的廣度

中國每分鐘價值近萬億人民幣的貨物在全球流通，每天有 40 多列火車在中國與約 200 個歐洲城市間穿梭；共建「一帶一路」令我們的朋友圈不斷擴大，伙伴關系網絡覆蓋全球。

中國的厚度

中國的黑土地是指，自然條件下形成 1 厘米厚的黑土層，這需要 200 年至 400 年。近年，東北地區正在進行黑土地「保衛戰」，利用先進農業科技打好大國糧倉根基。以黑龍江省黑土區旱地平均耕層厚度由 19.8 厘米加深到 23.3 厘米。

中國，正在打造雄厚的實力。建成全球最完整、規模最大的工業體系，擁有聯合國產業分類中全部工業門類，使我國實體經濟底盤更穩、產業升級根基更牢，220 多種工業產品產量居世界首位。

我國建成全球最大的 5G 網、高速鐵路網、高速公路網、網絡零售市場。

中國的密度

「密度」是從節約集約利用資源入手——用最少資源環境代價取得最大的經濟社會效益，中國能耗強度、碳排放強度、水耗強度分別下降 26%、34%、45%。

中國的溫度

百姓不斷改善的生活，是為中國的溫度。

國家歷時八年艱苦奮鬥，現行標準下約一億農村貧困人口全部脫貧，歷史性地解決了絕對貧困問題。在中華大地上全面建成小康社會。

幼有所育、學有所教、勞有所得、病有所醫、老有所養、住有所居、弱有所扶。

實現人們的美好願望，正不斷取得新進展。三億五千萬人次的農村學生，吃上營養均衡的餐食。簡言之，今天的中國豐衣足食。

「聽完這十個新中國維度，覺得中國的溫度最令人放心，穿越課堂到了尾聲，稍後我會總結這次二千年之旅的心得和感想，大家有問題可以到時候發問，我會盡量回答。」

第十三課

用中國原理解構文化特色

用中國原理解構文化特色

各位同學，穿越教學進入尾聲，朕有些心得在本課跟大家分享。

首先，很高興看到中外古今對中國五千年的評論，喻秦為最早的現代化國家，稱朕是改革運動第一人，不過，「千古一帝」權力太大了罷。

事實上，始自五千年前三皇五帝的君主都可以集中最大權力，據西方學者所指，是中國沒有宗教與世俗之爭，天子身兼祭司之職。

歷朝歷代最大的糾爭和混亂，不離分封諸侯內鬥，以及外來的部族侵擾，因此，中國必須統一，團結力量，中華文明才可持續不中斷，超越一般文明之限。

中國文化的特色，正好是基於我們的「歷史原理」。

建立文化自信，了解中華文明五千年怎樣鑄煉出中國特色，要從中國的「歷史原理」入手。

「中國的宗教發展與眾不同，這是什麼原理？」

理性是舒適區

孔子在迷信嚴重、恐懼超自超的時代裡，也是一個理性主義者。當時的人們堅信夢的預兆意義，堅信種種占卜術，也堅信死者的靈魂具有令人畏懼的力量。

孔子承認鬼神和上帝，但對它們持存而不論的態度。他說：「知之為知之，不知為不知」，又說：「未知生，焉知死。」

大自然花了幾百萬年的磨鍊人類長出心智，心智形成，人類第一個問題是「我是誰」，再進而問「誰主宰宇宙、掌管生老病死」，遠古不同文明的祖先必然有宗教崇拜的文化，但是中國人更加理性，看透上帝萬能之說，令宗教力量組織難以左右國家發展和走向。

「中國傳統文化很理性，也是一個舒適區，是發展慢熱的主因。」

中國科學難題

經常有人問：「中國古代科技貢獻良多，但為什麼工業革命沒有在中國發生？」今天，中國已經趕過了西方工業文明，反映中華文明能配合現代科學技術發展。

中國比西方工業化晚了，是歐洲適時地扭轉宗教主導發展的傳統。十一世紀始末，歐洲發展起來，興起教育，更多有識之士開始對宗教質疑，「勇於求知」成為歐洲的新理性追求，西方科學技術便是始於往後的啟蒙運動、文藝復興帶來的思想躍進。

中國理性而實務，千年以來為提拔賢能，科舉制是教育的目的，科學技術沒有機會興起。科學家錢學森檢討科技創新人才不足時，提問「為什麼我們的學校總是培養不出傑出人才？」

錢學森之問為教育點出新方向，中國奮起直追，目前科技人才、頂尖研究論文的數量穩居世界之冠。

人民經濟新氣象

臨別在即，嬴教授與學生交流，「教授對新中國最感興趣在哪？」

「最關注的是盛世的可持續問題，如何保持經濟社會的活力，需要新思維，朕認為人民經濟這個概念很好。」

人民經濟是什麼，先讀一點馬克思理論：資本是一種生產資源，是經濟重要組成部分。資本具能量，強有力的能量，然而，資本有兩面性，資本的正能量帶動增長，刺激市場活力，促進交易。

資本完全放任的話，最終是佔盡資源，把剩餘價值挖透（本應屬於工人創造的價值最終全歸資本家利潤），社會貧富愈來愈懸殊。

財團利益集團背後組成力量，操縱輿論、政客，對於秦始皇而言，這可不是什麼新鮮事。《韓非子．亡征篇》已提出警告：「凡人主之國小而家大，權輕而臣重者，可亡也。」

創造財富的資本是不是可用？可以，但需要監管和引導而不是完全的自由經濟主義的主張。《漢書．食貨志下》提出：「所以齊眾庶，抑拼兼也。」歷代出現兼併之風，一次又一次危及經濟基礎，於是中國名臣代表如晁錯、董仲舒、王安石等，把抑兼併（防止資本無序擴張、無限壟斷）作為經濟改革的核心內容，以實現「齊眾庶」（共同富裕）的施政目標。

從「人民經濟」到馬克思，再到中國歷史故事，這樣讀起來會更立體而生動，中國故事可以從小學開講，建立教育的話語體系，使之變成有趣，又融合中國五千年歷史文化元素，其實不是很難。

實現中華民族偉大復興，需要大家坐言起行，時刻記住為時代作出貢獻的使命。下一次再來日期未定，希望會有更多新話題與大家分享。

再見！

書名：《秦始皇今天來代課》
作者：黃秉華

出版日期：2024 年 7 月
國際書號：978-962-348-549-4
建議售價：HK$108

營運總監：梁子文
出版統籌：何珊楠
插畫：Joey
編輯：美美

出版：星島出版有限公司
地址：香港新界將軍澳工業邨駿昌街 7 號
電話：2798 2579
電郵：publication@singtaonewscorp.com
網址：www.singtaobooks.com

發行：泛華發行代理有限公司
電郵：gccd@singtaonewscorp.com
網址：www.gccd.com.hk
Facebook：www.facebook.com/gccd.com.hk/

承印：嘉昱有限公司